MW01704995

CASANOVA, DERNIER AMOUR

Pascal Lainé est né en 1942. Après avoir enseigné quelques années, il se consacre à l'écriture. Il a obtenu le Prix Médicis en 1971 pour *L'Irrévolution* et le Prix Goncourt en 1974 pour *La Dentellière*. Pascal Lainé est l'auteur de nombreux romans dont, récemment, *Derniers jours avant fermeture* et *À croquer* parus aux Editions Fayard.
Il a également écrit et adapté des textes pour le cinéma, la télévision et le théâtre.

Paru dans Le Livre de Poche :

COLLISION FATALE

COMME UNE IMAGE

FLEUR DE PAVÉ

L'INCERTAINE

PASCAL LAINÉ

Casanova, dernier amour

ROMAN

ÉDITIONS RAMSAY

© Editions Ramsay, Paris, 2000.

En hommage à Robert Abirached,
grâce à qui, plus que jamais,
Casanova vit parmi nous et nous enchante.

Il semblait que, pour être heureux, il ne me fallait qu'une bibliothèque à mon choix...

Mémoires, tome II, chapitre XV.

Madame,

Réduit depuis plus de dix ans au seul commerce de rustres qui ne parlent que l'allemand ou le jargon des montagnes de Bohême, je suis devenu moi-même une sorte d'ours comme on en voit dans les forêts qui environnent ce château. Le comte Waldstein honore très rarement de sa visite la belle et noble bibliothèque que ses ancêtres constituèrent, mais dont les quarante mille volumes sont aujourd'hui comme les soldats d'une armée en déroute. Il m'en a fait le général et j'essaie de rassembler tant bien que mal des blessés à demi dévorés par les rats et des malades mangés par la lèpre. Nul autre que moi, en ce lieu, n'entend leur détresse en latin, en grec, en français.

J'ai donc appris à me passer de toute société du bon ton, et les livres, mes compagnons d'exil, sont désormais mes seuls amis.

Pour le reste, je ne m'entretiens plus qu'avec moi-même et me divertis au récit que je me fais de mes propres souvenirs. J'en ai écrit plusieurs gros volumes dont je demeurerai l'unique lecteur, étant à coup sûr le seul, ici, à savoir entièrement l'alphabet. Je brûlerai tout ce papier quand j'entendrai sonner mon heure, car cette histoire de ma vie n'est que trop véridique, et plusieurs personnages que je dépeins s'y reconnaîtraient aisément ou, pis encore, pourraient ne point se reconnaître.

Les femmes — vous l'avez deviné — fournissent presque toute sa matière à cette espèce de roman. Elles lui auront donné son charme, s'il en a quelquefois, et ce charme est le leur. Je n'ai pas d'autre talent que d'avoir aimé. Princesses ou catins, les personnes du sexe furent tout ensemble mon bon et mon mauvais génie, chaque fois nouveau, chaque fois le même, car j'ai rencontré souvent des princesses dans les catins et trouvé de la catin en plus d'une princesse.

Ainsi je préfère à toute autre la compagnie des femmes de mon passé. Je ne veux plus m'entretenir qu'avec ces aimables fantômes. Je retrouve dans mes souvenirs ma jeunesse avec la leur. Je n'ai pas le pouvoir d'offrir l'éternité à celles qui l'eussent mérité, mais du moins garderont-elles leur séduction aussi longtemps que je vivrai. En se donnant à moi elles me donnaient la vie. En leur laissant dans ma mémoire leurs grâces et leurs attraits, je ne serai toujours pas quitte de ma dette.

Souffrez donc, Madame, que je résiste à la tentation de faire votre connaissance : en vous recevant ici, je trahirais la parole donnée à toutes celles que je n'ai jamais cessé d'aimer, ne les eussé-je tenues dans mes bras qu'une nuit, qu'une heure peut-être.

Puisque, vous rendant à Prague, vous aurez à passer par les montagnes de Bohême, je vous conseille donc d'éviter le séjour du château de Dux, où je ne fais bien ma cour qu'à ma solitude, et de vous arrêter plutôt à Toeplitz où l'on trouve une société nombreuse et agréable.

Votre très humble et très obéissant serviteur : Jacques Casanova de Seingalt,

le 17 mai 1797.

Ayant cacheté sa lettre, Casanova demeura un moment à contempler, derrière la croisée, les hautes ramures que la brise balançait doucement. Il hésitait à confier le pli à Schroetter, ayant le soupçon que ce maraud s'en servirait pour allumer sa pipe. Depuis dix ans, l'infortuné bibliothécaire avait à subir les insultes quotidiennes d'une valetaille infâme qui se donnait l'air de servir le comte Waldstein en vidant sa cave ou en puisant directement dans son gousset. Casanova ferait sans doute mieux de porter lui-même la lettre à l'auberge où la poste s'arrêtait chaque jour pour y être attelée de chevaux frais.

Il n'était pas mécontent de sa réponse à cette Madame de Fonscolombe et, s'habillant pour sortir, s'en répétait mentalement les meilleurs passages. Il n'allait sûrement pas donner satisfaction à cette personne si pressée de le visiter et, selon toute apparence, de lui faire conter pour la centième fois son évasion des Plombs de Venise : Casanova n'inspirait plus d'amour aux femmes, mais il attirait les curieux comme s'il eût été l'un des monuments du vieil art baroque, si répandu dans cette province de l'Empire, dont les ornements et le style ne sont plus au goût du jour et ne prêtent guère qu'à sourire.

L'homme est de haute taille. Un maintien plein de superbe le fait paraître encore plus grand. Il lutte sans faiblir contre les soixante-douze années de son âge, et ce duel contre lui-même ne finira qu'à sa mort. Bien découplé, robuste, il est sans embonpoint et passerait pour maigre si cette maigreur ne lui venait à l'évidence d'une merveilleuse avidité de tous les organes de son corps.

L'œil est noir et vif, la peau du visage est si épaisse et parcheminée qu'au lieu de rides, le rire ou les autres mouvements de physionomie y creusent, comme dans le cuir des masques de comédie ou de carnaval, d'étranges sillons tour à tour effrayants et comiques.

La lèvre supérieure est régulièrement mangée par l'inférieure dans une lippe de gourmandise insatisfaite. Cette moue ne s'efface d'ordinaire que dans les moments où le visage vient à s'éclairer d'un sourire d'ironie. Cette expression n'y est pas toujours tempérée de l'indulgence, de la sérénité que devrait donner une grande expérience des humains. La controverse philosophique, l'ardeur aux jeux de hasard ou, aujourd'hui encore, le débat amoureux sont les circonstances les plus propres à faire naître ce sourire.

Casanova descendit le large escalier dont les degrés de marbre ne retentissaient d'habitude que du claquement de ses propres talons : les trente ou quarante faquins aux gages du comte Waldstein abandonnaient désormais le bibliothécaire à la poussière de ses in-folio, et le vent qui passait par les croisées mal jointes avait pour office de chasser l'odeur séculaire du salpêtre. Il était sans doute écrit que l'aventurier, l'amant prodigue, aurait à finir ses jours en philosophe.

Le vieil homme allait franchir la porte principale quand deux berlines à quatre chevaux entrèrent vivement dans la cour d'honneur, faisant résonner la façade du cognement des sabots et du grincement des grandes roues ferrées.

Celui qui jadis avait fait de sa vie une fête à laquelle, plus d'une fois, nul autre ne l'avait convié que lui-même, comprit que Madame de Fonscolombe en usait pareillement avec lui. Le cocher de la première voiture dépliait déjà le marchepied et tendait la main à une vieille dame en qui Casanova devina son indiscrète admiratrice. Elle était aussi petite qu'il était grand, aussi replète qu'il était maigre, le visage aussi amène que sa propre physionomie était présentement fermée. Elle ne lui correspondait que par l'âge, or c'était bien le seul rapport sous lequel le célèbre Vénitien eût absolument voulu ne pas lui ressembler, non plus qu'à aucune autre femme. Il se pardonnait sa propre vieillesse à condition de n'y jamais songer en la trouvant sur une personne du sexe. Et, puisqu'il n'était pas libre de se rajeunir lui-même, c'était évidemment aux dames à lui faire la politesse de ne pas être d'une figure à lui inspirer du respect et, par là même, une terrible mélancolie.

Son humeur s'assombrit encore à la vue du personnage qui descendait de voiture derrière l'importune douairière : c'était un prêtre d'une taille très grande et dont la maigreur extrême était serrée dans une soutane longue comme un chemin de croix. Cet homme avait la figure rongée de petite vérole et paraissait d'un âge véritablement biblique, encore que son maintien et l'aisance de ses mouvements annonçassent le reste de vigueur qui permit jadis à Loth d'accomplir la volonté du Seigneur.

Casanova demeurait pétrifié, en haut des marches du perron, hésitant s'il allait retourner sur ses pas pour s'enfermer dans sa chambre ou affronter ces fâcheux. De la seconde berline sortit un homme dans la force de l'âge, habillé en bourgeois. Celui-ci et le cocher tirèrent de la voiture une énorme malle, marquant sans vergogne qu'on se disposait à un long séjour.

Et Casanova demeurait immobile, exposé sur ce perron comme un lièvre sur le marbre d'une table à gibier. Le « padre » l'aperçut et vint à lui, les bras ouverts comme pour l'embrasser. Casanova n'appréciait guère cette allure de familiarité, qu'il jugeait presque insultante : il songea qu'on lui réclamait aujourd'hui encore les intérêts des emprunts qu'il avait contractés autrefois sur la sottise du monde et dont il avait fait son profit pendant un demi-siècle. Il prit pourtant le parti de descendre les marches et d'aller à la rencontre de ses visiteurs.

La première voiture alla se ranger devant les écuries dont le bâtiment fermait la cour sur un côté. Casanova eut alors la surprise de découvrir, surgie à l'endroit que venait de quitter la berline, une forme gracieuse qui, à n'en pas douter, était la silhouette d'une jeune femme. Le soleil couchant illuminait cette apparition d'une auréole de poussière qui en rendait le contour indistinct. Le premier mouvement de Casanova fut d'aller regarder de plus près le halo miraculeux, mais Madame de Fonscolombe et le padre l'en empêchèrent, enfonçant dans la chair du crucifié les clous de leurs compliments et de leurs civilités.

Pauline Desmarets avait vingt-six ans. Elle était la dernière des cinq filles d'un cordonnier dont l'échoppe se trouvait rue de Beaujolais, non loin de la tour du Temple où l'on sait que la famille royale fut emprisonnée. Le bonhomme Desmarets chaussait de cuir tout le quartier compris entre la rue de Saintonge et la rue des Vertus. Sa boutique avait prospéré de telle façon que les cinq petites, jolies, proprement nippées, sachant lire et passablement écrire, trouvèrent toutes à s'établir au-dessus de la condition du père.

Etant pour ses affaires à Paris, Madame de Fonscolombe avait engagé Pauline, voilà dix ans, pour prendre soin de ses robes, la coiffer, lui faire la lecture, et aussi la conduire à la promenade, car, ses deux yeux étant couverts d'une taie de cataracte fort épaisse, la vieille dame avait la vue très basse et ne pouvait même se mouvoir seule d'un lieu à un autre.

Pauline s'était attachée à sa maîtresse aveugle avec autant de tendresse que si elles avaient été la grand-mère et la petite-fille.

Veuve d'un homme qu'elle n'avait guère aimé, Jeanne-Marie de Fonscolombe parcourait les routes, ainsi accompagnée de son Antigone, prenant les eaux à la saison et allant sans cesse d'un pays à l'autre en tâchant d'y égarer son ennui.

Les tragiques événements qui venaient de bouleverser la France lui interdisaient de retourner en Provence où se trouvaient sa famille et ses biens, car les lois de la République l'avaient proscrite en la comptant au nombre des émigrés, mais elle avait pu sauver assez de fortune pour mener un train honnête jusqu'au rétablissement, qu'elle espérait voir un jour, du trône et de la loi.

Elle avait rencontré l'abbé Dubois à Bruxelles où cet ancien curé de la paroisse de Vaugirard, qui refusait de prêter serment à la Constitution, avait trouvé refuge en 1793, ayant échappé de justesse à l'inquisition des sans-culottes. Depuis trois ans, l'abbé Dubois suivait Madame de Fonscolombe à travers l'Europe, faisant office de confesseur. Mais les péchés de sa pénitente n'étant ni grands ni bien nombreux, il l'aidait surtout à se souvenir du temps heureux de la foi chrétienne.

Quant à Monsieur Rosier, qui voyageait dans la seconde voiture et prenait soin des malles, il était cuisinier de son état, mais les circonstances présentes en avaient fait aussi le maître d'hôtel de Madame de Fonscolombe et le régisseur du minuscule domaine qui s'étendait entre les deux portières des berlines, territoire que la vieille dame nommait par plaisanterie son « duché de nulle part ».

Madame de Fonscolombe remit à Casanova une lettre dans laquelle le comte Waldstein, rencontré à Londres six mois plus tôt, priait son bibliothécaire de faire le meilleur accueil à la voyageuse et d'être pour elle un autre lui-même, avec plus d'esprit et de séduction qu'il n'en aurait pu montrer s'il l'avait accompagnée en personne.

Mais la jeune femme qui escortait Madame de Fonscolombe valait à elle seule une recommandation du pape et tous les sauf-conduits de l'Empereur. Giacomo Casanova se sentait prêt à faire revivre le chevalier de Seingalt et ses fastes.

Le sieur Faulkircher, qui était un grand faquin, fut incontinent chassé des cuisines où il concoctait depuis trente ans ses redoutables poisons. Monsieur Rosier prit sa place et l'on décida que le souper serait servi à neuf heures dans le petit cabinet qui était à côté de la bibliothèque.

Madame de Fonscolombe ayant assuré qu'elle se contenterait de son ordinaire, Casanova put congédier la troupe importune des valets que la curiosité d'apercevoir les étrangers, sans doute, avait débusqués de l'office et du cellier où s'abritait d'habitude leur paresse.

Monsieur de Seingalt mit son plumet blanc, son droguet de soie doré, sa veste de velours noir et ses jarretières à boucles de strass sur des bas de soie à rouleau. Vêtu de la sorte comme au temps du roi Louis XV, le chevalier accueillit ses hôtes à l'heure dite, honorant Madame de Fonscolombe d'une révérence que Madame de Pompadour eût trouvée galante, mais qui fit sursauter la vieille dame en jaillissant trop soudain du brouillard de sa mauvaise vue, tandis que Mademoiselle Desmarets se retenait de rire.

Casanova avait fait dresser une petite table ronde, qui n'était au juste qu'un guéridon : quatre personnes ne pouvaient se tenir là sans que leurs genoux risquassent de se toucher. C'était à n'en pas douter ce qu'escomptait Giacomo, ayant Pauline à sa droite, l'abbé Dubois à sa gauche et Madame de Fonscolombe face à lui. On soupa sans laquais : Monsieur Rosier servait et Casanova lui-même était le sommelier.

La conversation se fit surtout entre Madame de Fonscolombe et son hôte. Chacun accablait l'autre de questions et voulait entendre d'un seul trait toute l'histoire de sa vie.

« Si nous continuons à ce train, remarqua en souriant la vieille dame, nous n'aurons bientôt plus rien à nous dire.

— Vous me tiendriez en haleine des semaines entières », assura le chevalier dont le regard, affectant de chercher l'approbation de Pauline, lui fit seulement détourner le visage.

Le genou du célèbre et vénérable séducteur ne rencontra pas plus de succès que ses yeux. Au vrai, il ne rencontra rien, comme si la belle avait laissé ses jambes dans l'armoire, rangées avec ses jupons de rechange.

Ces petits mécomptes n'étaient pas de nature à rebuter Casanova qui avait toujours professé que l'affectation de froideur, chez les femmes, n'est souvent que le premier signe de l'abandon, et que la résistance ne leur sert d'habitude qu'à prolonger les prémices de la volupté.

Un instant avait suffi pour faire fondre le masque de misanthropie que le vieil aventurier avait collé sur ses rides. Un séducteur véritable et profond, pour qui l'amour n'est qu'un passe-temps mais renferme du même coup tout le sens de la vie, doit savoir se montrer tour à tour stoïcien ou disciple d'Epicure, et changer de philosophie aussi vite que les femmes changent d'humeur ou de toilette.

Pauline était d'une taille un peu au-dessus de la moyenne. Son visage était d'un ovale parfait. Deux yeux bleus bien fendus lançaient des feux que modérait un air de constante gaieté. Sa chevelure était d'un blond éclatant où se mêlait un peu de cuivre. Elle avait la bouche non point petite mais délicate et ornée de deux rangées de perles du plus bel émail. Ses bras, sa taille, sa gorge ne laissaient rien à désirer quant aux proportions et à la perfection de leurs formes.

Elle portait au cou un petit ruban de velours noir qu'ornait un rubis, colifichet alors très à la mode en France et qui relevait l'éclatante blancheur de son teint.

Le souper s'acheva sur d'excellentes poires que l'habile Rosier avait conquises dans les cuisines où les laquais festoyaient selon leur habitude. Puis Rosier troqua sans façon son emploi de valet de table contre celui d'ami familier de Madame de Fonscolombe. La société qui accompagnait la vieille dame sur les routes d'Allemagne était si peu nombreuse que chacun, comme on a déjà dit, devait y changer d'habit et de rôle plusieurs fois par jour.

Casanova conduisit ses invités dans un petit salon de musique où se trouvaient un clavecin et une épinette. Madame de Fonscolombe confia qu'elle jouait autrefois du clavecin, mais que sa vue était désormais si basse et ses doigts si perclus de rhumatismes qu'elle n'en pouvait plus rien tirer. Casanova s'en serait consolé en faisant jouer la gracieuse Pauline, mais celle-ci assura qu'elle n'entendait rien à la musique.

« Je ne vous crois pas, objecta le bibliothécaire, et vous aimez sans doute la musique, car vos jolis pieds sont faits pour danser.

— Je tâcherai de vous donner la sérénade avec mes pieds, Monsieur, et je gage que vous voudrez m'écouter avec les mains. Mais nous n'y perdrons rien, si vous n'avez pas plus d'oreille que moi-même. »

Cette saillie fit partir Madame de Fonscolombe d'un éclat de rire dans lequel le bon abbé Dubois, qu'on n'avait guère entendu jusqu'ici, trouva l'autorisation de faire ce commentaire : « Mademoiselle Desmarets n'entend rien à la musique, en effet, car elle n'aime que les airs barbares des buveurs de sang qui ont assassiné notre souverain.

— Pauline est une vraie jacobine, confirma Madame de Fonscolombe. Je ne l'ai prise à mon service que pour tâcher de guérir sa folie régicide, mais en vain. »

Casanova reçut cette nouvelle boutade en souriant, car il ne doutait pas que la fureur révolutionnaire de la belle Pauline ne fût qu'un masque, une sorte de parure composée pour rehausser ses attraits. Madame de Fonscolombe avait assez d'esprit pour s'accommoder de cette fantaisie, songeait-il, mais n'aurait pas admis que la jeune femme en usât sérieusement.

Comme nul n'avait encore envie de se retirer, Casanova proposa, pour amuser la compagnie, de faire une petite banque de pharaon. L'abbé gagna deux ducats que Madame de Fonscolombe perdit de bonne grâce, assurant que ce saint homme était très habile à filer la carte et percevait par ce moyen le denier du culte. On se sépara après minuit. Casanova montra leurs chambres à ses hôtes. Les valets du comte Waldstein avaient commis l'impertinence de mettre partout des chandelles dont la puanteur était affreuse. Il fallut un moment à Casanova pour mettre la main sur l'un de ces gredins et lui faire apporter des bougies.

« Il y a ici trois douzaines de rustres aux gages du comte Waldstein, dit le chevalier en manière d'excuse, mais ces marauds ne songent qu'à boire, qu'à voler, et se revanchent par toutes sortes d'insolences dès qu'on prétend les arracher à leur *farniente*.

— Ils se vengent légitimement de leur condition servile », dit avec impétuosité la belle Desmarets.

Madame de Fonscolombe sourit en levant les yeux au ciel. Casanova demeura coi, pétrifié par ce nouveau trait. On n'aurait su dire s'il cédait pour tout de bon au charme de cette Judith ou s'il resterait dans le parti des tyrans. Il ne le savait sans doute pas lui-même. A l'instar d'Holopherne, il avait bel et bien perdu la tête.

Le château de Dux ne contenait pas moins d'une centaine de chambres, sans compter les salles, salons, cabinets, etc. Mais cette habitation digne d'un prince n'était plus qu'un froid dédale où errait peut-être, invisible Minotaure, le fantôme du grand Wallenstein, jadis maître du lieu.

On n'habitait d'ordinaire que l'aile du palais qui regardait le village. Dans les rares séjours qu'il faisait dans la demeure de ses ancêtres, le comte Waldstein avait ainsi choisi de tourner résolument le dos aux grandeurs du passé. Casanova se sentait là non pas comme l'hôte et l'ami du comte, mais plutôt comme l'un des milliers de volumes abandonnés pour toujours dans sa bibliothèque par le jeune Waldstein. Celui-ci avait seulement la passion des chevaux et de la chasse, pour lesquels il négligeait même le beau sexe. Son amitié pour Casanova qui, quant à lui, ne vivait que pour les femmes et les livres, n'avait sans doute pas duré bien longtemps. Mais l'aimable et futile cavalier avait de l'honneur et, tout en lui retirant ses égards, il avait laissé à Giacomo un petit appartement au château, un titre de bibliothécaire qui le plaçait un peu au-dessus des domestiques de sa maison, et une pension de cinq cents ducats qui, en revanche, ravalait l'infortuné Vénitien très au-dessous de ses plus modestes ambitions.

Casanova n'avait plus l'âge ni le goût de repartir vers de nouvelles aventures. Il sentait que le chemin de sa vie s'arrêtait dans cet immense château si bien fait pour abriter une immense solitude. Il en avait pris son parti, attendant la mort avec plus de sagesse qu'il en avait employé à conduire son existence. Il se racontait à lui-même son passé. Il tâchait d'en vivre une seconde fois chaque moment. N'ayant plus à attendre de lendemain, de la sorte, il mangeait son fonds : les cahiers manuscrits de ses mémoires s'accumulaient inutilement, puisqu'il les destinait au feu, à moins que ce ne fût tout bonnement à l'oubli.

Entré voilà six semaines dans sa soixante-treizième année, Casanova gardait pourtant un cœur ardent et son imagination était toujours aussi vive. A la seule vue de la jolie Desmarets, le vieux Giacomo s'était soudain ranimé, comme se rallume une braise mal éteinte. La charmante Pauline eut tôt fait de chasser les fantômes qui hantaient d'ordinaire la solitude glacée du château, et les attraits de la jeune femme, ses grâces, ses charmes, peuplèrent d'un seul coup les cent alcôves.

Casanova dormit d'un sommeil profond, mais non point paisible, poursuivant en rêve cent objets qui tous ressemblaient à Pauline, puisque tous avaient pareillement la figure du désir, mais qui transportèrent l'heureux dormeur dans les endroits les plus variés et dans tous les âges de sa vie : parloirs de couvents, chambres d'auberges, loges d'opéra... L'éternel amoureux revisita en une nuit presque tous les lieux de son bonheur passé, se tournant et retournant sur l'oreiller, et changeant chaque fois de pays et de saison.

L'amour ne le fatiguait pas plus en rêve qu'en réalité, et chaque nouvel assaut donnait à cet athlète un surcroît de ressources. Il s'éveilla dès l'aube et, jugeant qu'il n'était pas encore l'heure d'aller présenter ses respects à une vieille dame en bonnet, ni celle d'admirer les dentelles d'une jeune dame en déshabillé, il s'en alla faire trotter ses imaginations dans le parc, à la façon dont le comte Waldstein faisait chaque matin mener ses chevaux par la longe.

Madame de Fonscolombe prit le déjeuner dans sa chambre, avec son hôte et l'abbé. Souffrant d'une légère indisposition, Pauline s'excusa et ne parut point.

« La santé de votre petite régicide est assurément plus délicate que les opinions qu'elle professe, remarqua Giacomo.

— Elle restera quatre ou cinq jours sous l'emprise de la lune et de la mauvaise humeur, expliqua la vieille dame.

— Dieu a pourvu les femmes de trop de grâces, estima Casanova, pour ne pas leur en reprendre parfois un peu.

— Le pouvoir de concevoir et d'enfanter est au contraire la plus grande grâce que notre Seigneur a voulu leur accorder, protesta l'abbé.

— La chose peut prêter à controverse, et même susciter de longues thèses, plaisanta le chevalier.

— Vous n'en pouvez juger si vous n'avez pas d'enfants vous-même, repartit d'un ton sentencieux l'ecclésiastique.

— Alors j'en juge sûrement mieux que personne, persifla Casanova.

— Etes-vous donc père ? questionna Madame de Fonscolombe.

— Père, grand-père, et même les deux ensemble, à ce qu'il me semble être advenu au moins une fois. »

Madame de Fonscolombe rit de bon cœur à ce qu'elle crut être une fanfaronnade, tandis que le vieux libertin inclinait la tête et baissait les yeux, affichant le plus grand remords à seule fin de confirmer l'aveu de son inceste.

L'abbé Dubois voulut se lever et quitter immédiatement cette scène scandaleuse, mais Madame de Fonscolombe le retint, assurant que Monsieur Casanova n'avait parlé que par plaisanterie, et ajouta qu'on montrait plus d'esprit à ne point entendre certains propos qu'à les juger.

Monsieur Rosier, qui savait décidément tout faire, vint coiffer la vieille dame, puis on alla se promener.

Casanova donna le bras à Madame de Fonscolombe et Monsieur Rosier se plaça en renfort pour l'aider à descendre l'escalier à double volée qui menait au parc. Le dessous des marches formait une niche incrustée de coquillages, abritant un vieillard de marbre qui n'avait au juste de vénérable qu'une barbe de patriarche et retenait de ses bras musculeux une jeune fille nue. Comme il se doit, la nymphe pleurait d'avoir été prise ou, peut-être, de ne pas l'être encore tout à fait.

Madame de Fonscolombe se fit décrire le groupe, auquel Casanova, par la chaleur de la parole, sut donner la vie et le mouvement. L'œuvre s'intitulait *Le Temps enlève la Beauté*, expliqua-t-il.

« Hélas, il n'est rien de plus vrai, admit Madame de Fonscolombe.

— Saturne dévorait ses enfants mâles, mais l'artiste qui a sculpté ce groupe paraît croire qu'il en usait autrement avec les filles », remarqua le Vénitien, revenant sur le chapitre de l'inceste pour mettre en rage l'abbé Dubois. Mais, observant le sage conseil de Madame de Fonscolombe, celui-ci feignit de n'avoir pas entendu.

On dîna un peu après midi. Monsieur Rosier avait varié les mets de manière à relever l'appétit d'un mort, et l'abbé Dubois donna généreusement l'absolution aux perdreaux et aux truites qui passèrent à sa portée. Mais, Pauline s'étant fait à nouveau excuser, Casanova ne pensa qu'à l'absente. Ne pouvant lui faire sa cour, il songeait aux moyens d'amener à composition la farouche amazone, dont l'air d'indifférence et la réputation de sévérité ne faisaient qu'augmenter les attraits. Il préparait avec soin son offensive, évaluant les chances d'une attaque de front, les comparant aux hasards d'une tentative sur le revers de l'adversaire, mesurant dans un autre moment les difficultés d'un long siège et se persuadant à la fin que l'éloquence et la diplomatie, qui avaient si souvent fait triompher sa cause, le serviraient une fois de plus.

Bien sûr, Casanova se souvenait que près de cinquante ans d'âge le séparaient de sa belle antagoniste et qu'une telle distance forme une pente bien longue et dure à gravir, fût-ce en paroles. Mais la citadelle la mieux défendue n'est jamais tout à fait imprenable. Casanova songeait surtout que cette victoire serait sa dernière victoire. Il le voulait ainsi. Il n'aimerait plus aucune autre femme après Pauline. Il sacrifierait même à cet ultime amour la troupe charmante des nymphes qui hantaient sa mémoire. Il avait souvent aimé, certes, obéissant à une étrange curiosité qui sans cesse le portait vers de nouveaux objets. Chaque femme, chaque jeune fille était pour lui une passionnante question à laquelle il ne souhaitait pas trouver de réponse, mais qu'il abandonnait bien vite, sans regret ni remords, pour se consacrer ailleurs à l'éternel mystère de son propre désir. Chaque femme qu'il venait à posséder était pour ainsi dire sa première maîtresse et le trouvait toujours étonné de sa propre victoire, étonné de la beauté des formes féminines, étonné du bonheur qu'il donnait comme de celui qu'il recevait. Chaque femme, dans ses bras, se croyait avec apparence la seule femme au monde. Il n'y avait là-dedans ni mensonge ni artifice. Devinant qu'elle allait être, même pour une seule nuit, l'Eve unique et sublime en laquelle se réunissent toutes les beautés de la Création, aucune femme ne restait longtemps sourde à l'appel irrésistible de sa propre vanité, à laquelle Casanova prêtait le feu de sa voix et la douceur de ses paroles.

Au matin, quand son séducteur annonçait qu'il s'en allait pour toujours, l'heureuse victime n'aurait osé disconvenir qu'elle avait fait le plus beau de tous les rêves, et elle se consolait d'être si vite quittée, songeant qu'elle conserverait toute sa vie, jusque dans les bras des autres hommes, le souvenir d'avoir été l'unique passion, une certaine nuit, du seul véritable amant que la terre eût jamais porté.

Pauline, en revanche, aurait à devenir la dernière maîtresse de Casanova. Unique, elle le serait pourtant plus que toute autre. C'était en quelque sorte sa mission, son rôle auprès du grand homme. Cette aventure ultime et superbe couronnerait l'existence de cet amant presque surhumain. Elle en achèverait l'histoire et lui donnerait tout son sens. Telle fut la décision que Casanova prit à l'instant où le bon Monsieur Rosier lui présentait les fraises du dessert.

Pauline ne parut point de tout l'après-midi. Giacomo parla de quérir un médecin qui devrait au plus vite ramener à la santé sa future maîtresse. Madame de Fonscolombe jugea qu'il valait mieux laisser la nature aller son train, car au bout d'un jour Pauline se rétablissait d'ordinaire toute seule. En attendant, Monsieur Dubois faisait assez bien l'affaire pour conduire la vieille dame, la coiffer, et même l'aider à se coucher : il aurait pu remplacer en tout la jolie gouvernante, ayant presque autant de délicatesse qu'elle. Casanova était infiniment éloigné d'en convenir, certes, mais ces arguments n'étaient pas de ceux qu'on peut exposer avec simplicité.

Il eut alors l'idée de demander à la vieille dame si on lui avait un jour tiré l'horoscope. Il savait d'expérience que les femmes ont, plus encore que l'autre sexe, la fureur de savoir l'avenir, aussi bien que le goût de se transporter dans le passé pour y converser avec les défunts. Casanova en avait fait souvent son profit, prophétisant de l'amour pour tout de suite à celles qu'il voulait mettre dans son lit, et un honnête fiancé pour demain à celles qu'il entendait en chasser. Il espérait que, ayant diverti Madame de Fonscolombe par les contes merveilleux dont il aurait trouvé l'idée dans les constellations, il donnerait bientôt à Pauline le désir de faire à son tour composer son horoscope. Casanova lui décrocherait les plus brillantes étoiles du ciel et lui en ferait présent à la façon dont, en des temps plus fastueux, il lui eût offert des diamants.

Pauline fit son apparition un peu avant le soir. Elle était vêtue d'une robe de fine mousseline blanche à manches courtes. Un ruban rouge, noué par-derrière, servait de ceinture. Les cheveux tombaient librement sur les épaules. Sous les plis à l'antique de la robe, tous les mouvements s'apercevaient dans une agréable transparence. Casanova jugea que la jeune beauté n'avait si longtemps gardé la chambre que pour reprendre vie dans les rayons du soleil couchant qui la déshabillaient avec toute la tendresse d'un amant délicat.

Il n'aurait pas été convenable que le chevalier s'inquiétât trop de la santé de Mademoiselle Desmarets, mais il sut montrer par des marques fort claires que la belle l'avait soumis à la plus cruelle torture, même si elle l'indemnisait à présent en comblant ses yeux de la vision de presque toutes ses grâces.

Comme il faisait très doux, on resta dans le jardin jusqu'à la tombée du jour. Casanova promit à Madame de Fonscolombe qu'il composerait son horoscope dans la nuit et qu'il le lui donnerait à lire au matin. Ces propos n'avaient d'autre objet que d'exciter la curiosité de Pauline, à qui le chevalier offrit de tirer également l'horoscope, si elle consentait à lui dire la date et l'heure de sa naissance.

« L'astrologie est une science entièrement fausse, repartit aussitôt la belle, et je m'émerveille qu'une personne comme vous, qu'on dit philosophe, ne connaisse pas le néant de l'homme pour lire dans l'avenir.

— Les meilleurs esprits ont cru de tous temps que les constellations gouvernent nos destinées, plaida Casanova. Il est vrai qu'on s'est souvent trompé dans la traduction du langage particulier des astres, car son caractère énigmatique le rend souvent obscur ou même indéchiffrable.

— Vous venez de m'apprendre une grande chose, Monsieur : c'est qu'il n'y a sans doute point de vide entre les étoiles, contrairement à ce que croient les astronomes, car le vent de vos paroles pourrait emplir parfaitement tout l'espace de l'univers. »

Madame de Fonscolombe vint au secours du malheureux faiseur de phrases et dit, non sans raison : « Cet espace est si grand que l'esprit se refuse à le croire entièrement vide et que nous l'emplissons en effet des fantaisies de notre imagination. Pour moi, je me divertis volontiers à écouter les fables des cabalistes ou à regarder quelque artifice de magicien car, si je ne crois nullement à leurs tours, j'en admire souvent l'habileté. Monsieur Casanova n'est évidemment pas si naïf que de donner crédit à de telles balivernes, les trouverait-il même dans son propre fonds. Il ne se propose que de nous en amuser avec lui, et c'est à quoi je consens sans réticence.

— Je vous remercie, Madame, de me faire quitter l'habit de jocrisse dont Mademoiselle Desmarets prétendait m'affubler. S'il m'est arrivé de divertir la galerie par quelque simulacre de divination, je n'ai jamais fait d'autre dupe que parmi les gens qui voulaient être trompés, et je ne m'en tiens pas pour responsable.

— C'est fort bien dit, répondit Pauline, mais souffrez que je ne veuille point m'amuser à de pareils enfantillages ! »

Cette dernière réflexion valut à Pauline l'approbation, pour une fois, de l'abbé Dubois : l'ecclésiastique assura que la divination, comme toute espèce de sorcellerie, éloignait l'esprit de l'attention aux vraies questions.

« Nous ne pouvons constamment nous soucier de notre salut, dit alors la vieille dame : il se passera bien des choses avant le jour de la Résurrection. Il faut un peu vivre, avant d'avoir vécu.

— Et l'existence, hélas, se poursuit encore longtemps après », murmura Casanova sur un ton d'amertume.

Le souper se passa sous l'impression pénible de cette dispute. La vieille dame tâcha vainement d'égayer son hôte, et vint une nouvelle fois à son secours, exposant qu'elle était bien malheureuse de voyager en compagnie de l'abbé et de la petite jacobine, qui se ressemblaient en tout cas par leur terrible esprit de sérieux.

Le lendemain matin apporta à Giacomo un nouveau déplaisir, infiniment plus vif. Une lettre de son ami Zaguri lui apprenait que Venise venait d'être investie par les troupes du général Bonaparte, que le vent pestilentiel du jacobinisme soufflait sur la lagune, que les soudards français étaient partout fêtés et accueillis en libérateurs, que la comtesse Benzona avait dansé nue sur la place Saint-Marc, au pied d'un « arbre de la liberté », et qu'on avait applaudi à ce scandale.

Casanova ne put lire jusqu'au bout la terrible lettre, car les larmes lui brouillaient la vue : nul autant que l'ancien prisonnier des Plombs, l'éternel exilé, n'avait sans doute aimé son ingrate patrie. Le dernier, peut-être, il lui restait fidèle.

Ainsi disparaissait la grande république. Les flambeaux de la fête millénaire s'éteignaient pour toujours. Casanova n'avait certes pas la tête politique, mais, mieux que personne, il connaissait l'esprit de sa cité qui était comme son propre génie. Il demeura pendant une heure dans un état d'abattement extrême, songeant que ce siècle s'achevait dans la barbarie : Athènes et Rome étaient à nouveau détruites.

Il se rendit chez Madame de Fonscolombe, non pour y rencontrer Pauline, mais escomptant que la vieille dame serait peut-être seule, et qu'il pourrait librement exprimer son désespoir.

Elle se trouvait en compagnie de l'abbé, buvant avec lui le chocolat. Elle marqua de la surprise à l'apparition du chevalier qui, l'air hagard, les cheveux mal noués, se tenait sur le seuil, muet, pâle, le visage empreint d'un air de douleur et d'indignation.

« Que vous arrive-t-il ? Etes-vous souffrant ? s'inquiéta la vieille dame.

— Je porte aujourd'hui le deuil de ma patrie, Madame. Je vous en prie : écoutez ceci ! »

Il dit de mémoire toute la lettre qu'il tenait chiffonnée entre ses doigts crispés. Madame de Fonscolombe blêmit aux premières lignes.

« Hélas ! fit-elle dans un souffle, la grande cité n'est plus.

— C'est le monde, Madame, qui est en train de mourir. C'est notre monde. »

Madame de Fonscolombe porta brusquement la main à ses yeux comme pour cacher ses larmes.

N'osant s'adresser directement à cette vraie allégorie du désespoir, l'abbé Dubois tourna un visage anxieux vers Casanova, l'interrogeant du regard. Celui-ci expliqua de nouveau :

« Les armées françaises viennent d'investir Venise. La Beauharnais était dans les bagages de son général et a donné un bal dans le faste du palais Pisani. Toute la ville et les patriciens eux-mêmes se sont rendus à cette saturnale jacobine, et j'imagine qu'on célébrera bientôt dans les églises de la ville le culte de la prétendue Raison.

— Mon Dieu, murmura l'ecclésiastique, notre Seigneur est donc mis en croix pour la seconde fois.

— Voilà déjà longtemps, soupira Madame de Fonscolombe, que nous ne vivons plus que de nos souvenirs. Chassée de mon pays, je parcours les routes en quête d'un monde dont je ne trouve plus que les ruines, car ce monde a vieilli dans le même temps que nous qui sommes déjà des ombres. »

Pauline entra sur ces entrefaites. Elle portait sur sa chemise de batiste un peignoir de dentelle qui ne cachait rien de ses beautés, mais Casanova ne leva point les yeux sur cette gorge parfaite et ces épaules d'albâtre.

« Soyez contente ! lui dit sa maîtresse. Vos chers sans-culottes se sont emparés de Venise où ils donnent à présent un carnaval de leur façon, et la maîtresse de leur général mène le bal auquel on dit que les femmes du bon ton se rendent toutes nues ! »

La vieille dame s'était exprimée d'un tel air de colère, ses paroles comportaient tant d'exagération, ses yeux lançaient de si effrayants éclairs que Pauline demeura sur place, ne sachant si elle devait s'approcher ou repartir, et que Casanova lui-même en fut saisi.

De toute la matinée, il ne fut plus question de la catastrophe dont la demoiselle Desmarets elle-même n'osait se réjouir, car cette jeune femme avait trop de sentiment pour ignorer la douleur qu'elle voyait peinte sur la physionomie de Madame de Fonscolombe, et même de ce Casanova qui, dans l'affliction, ne lui paraissait plus si vain ni ridicule.

Après dîner, on annonça la visite du capitaine de Droghi : cet Italien de Parme commandait un escadron du régiment de cavalerie Waldeck, en garnison dans le village de Dux. Il rendait régulièrement visite à Casanova qui aimait parler avec lui en italien. Il venait ce jour-là pour lui faire ses adieux, car le régiment Waldeck allait rejoindre Vienne qu'on craignait d'avoir à défendre contre les armées françaises.

Le capitaine savait déjà tout du désastre italien : les va-nu-pieds régicides avaient traversé le Piémont, le Milanais, et atteint l'Adriatique. Ils s'étaient emparés des Flandres et d'une grande partie de l'Allemagne. Rien ne semblait pouvoir les arrêter.

Pendant une heure, cet officier énuméra les exploits des armées de la Révolution. Il en parlait en homme de guerre, appréciant l'habileté tactique des généraux, admirant le courage, l'endurance et la discipline des soldats. Casanova et Madame de Fonscolombe l'écoutaient avec effroi. Pauline l'écoutait avec délices, et bientôt le capitaine ne parla plus que pour elle, encouragé par l'attention fervente qu'elle lui portait.

C'était un homme de quarante ans, grand, de belle allure et d'une figure à intéresser une jeune femme. Il prit tout naturellement pour lui ce que l'ardente Pauline donnait de passion aux soldats de la Révolution, et il fut bien étonné de l'entendre souhaiter à la fin leur triomphe sur les armées des tyrans qui, à n'en pas douter, comprenaient le régiment Waldeck et l'escadron qu'il commandait.

Piqué au vif, de Droghi mit la demoiselle au défi de lui expliquer ce que valait une « liberté » qui n'avait fait qu'emplir les prisons d'innocents et mener à l'échafaud l'élite d'une nation, ou ce que signifiait à ses yeux une « fraternité » qui, depuis cinq ans, couvrait l'Europe de champs de bataille. A cela Pauline répondit que la liberté ne pouvait composer avec ses ennemis, que l'Europe entière s'était liguée contre la Révolution, et que les tyrans seuls devaient être tenus pour responsables des malheurs des nations.

La jeune femme parlait avec véhémence : à chaque seconde les traits de son visage s'animaient un peu plus et le ton de sa voix évoquait réellement le fracas des batailles et l'ardeur des hommes au combat. Captivé, Casanova écoutait et regardait cette fille d'Homère sans songer à l'interrompre, encore moins à la contredire. De Droghi était comme lui sous le charme de ce récit héroïque dont les beautés ne devaient pas moins à la blancheur de teint de la poétesse, à la rondeur parfaite de sa gorge, aux grâces naturelles de toute sa figure, qu'aux vertus de sa prosodie.

Madame de Fonscolombe écoutait, elle aussi. Elle souriait d'un air de légère moquerie, et l'on n'aurait su dire si cette ironie s'adressait aux propos de Pauline, ou n'était pas inspirée plutôt par l'état de complète fascination où étaient plongés les deux hommes, également prêts à tomber dans l'esclavage de la farouche Desmarets.

Quant à l'abbé Dubois, il n'avait pas tardé à se retirer, non point discrètement, mais d'une démarche si accablée que sa retraite ne pouvait le mener sans doute que derrière les hauts murs d'un monastère, loin des affreux désordres du monde.

Insensiblement, la dispute n'opposa plus que Pauline et le capitaine, Casanova se voyant réduit, à l'instar de Madame de Fonscolombe, au rôle de témoin de ce duel. La petite Desmarets négligeait en effet les arguments du vieux chevalier de Seingalt, paraissait ne pas même les entendre, tandis qu'elle faisait un sort à tout ce que disait le capitaine, raisonnant même sur ce qu'il avait omis de dire. A son tour, l'officier parut bientôt ne plus argumenter que pour faire parler sa jeune antagoniste, lui faire inventer de nouveaux et brillants sophismes, et, finalement, se donner le plaisir d'admirer les grâces de son esprit, comme il admirait les autres charmes de la belle exaltée.

Casanova était maintenant à la torture. Il se taisait, puisque nul ne consentait à l'écouter, et surtout pas celle devant qui le vieil homme aurait voulu faire valoir toute la force de ses raisonnements. Or il avait trop de finesse et d'expérience pour ne pas voir que l'officier et la petite jacobine se plaisaient : au plus fort de leur querelle, ils s'avouaient mutuellement qu'ils étaient promis l'un à l'autre. Et, sous la fine mousseline de sa robe à l'antique, la jeune femme donnait à voir toute l'agitation de son cœur que l'héroïsme et la vertu romaine n'auraient suffi à faire palpiter de si touchante façon.

Madame de Fonscolombe mit fin à cette scène par une autre sorte de comédie : elle annonça que le général Bonaparte était un être imaginaire, un nouveau Matamore né de la fantaisie de quelque histrion, que les armées révolutionnaires n'étaient qu'une troupe d'acteurs donnant pour quelques sequins la comédie dans les villes d'Italie. Elle prédit que ces bateleurs cesseraient bientôt d'amuser la populace et qu'on les verrait repartir dans leurs roulottes. Le capitaine de Droghi comprit que la vieille dame ne voulait plus écouter le duetto qu'il donnait avec la jolie suivante. Il se leva pour prendre définitivement congé. A la surprise de tous, Mademoiselle Desmarets se leva aussi et prit sur elle d'accompagner le capitaine. Au désespoir de Casanova, Madame de Fonscolombe n'empêcha point cette impertinence.

Pauline revint au bout de dix minutes et annonça que le capitaine l'avait fort galamment invitée à souper chez lui, espérant qu'ils trouveraient dans ce tête-à-tête le temps et l'occasion de vider leur querelle.

« Le temps et l'occasion, certes ! admit en riant la vieille dame. Mais je ne saurais y consentir, car, dans cette affaire, Monsieur Casanova n'est pas moins votre adversaire que Monsieur de Droghi, et vous lui devez réparation aussi bien qu'au capitaine.

— Monsieur de Droghi sera parti demain avec son régiment, objecta Pauline. Monsieur Casanova aura tout le temps ensuite de faire valoir ses arguments, s'il tient tant à me convaincre. »

Ces derniers mots furent prononcés avec tant d'insolence et d'un ton si propre à mortifier le vieux séducteur, que Madame de Fonscolombe en conçut de l'irritation.

« La suite de cette controverse m'intéresse et je pourrais bien vouloir m'en mêler aussi », dit la vieille dame.

Elle fit quérir Dubois et il fut décidé qu'on souperait à dix heures. Madame de Fonscolombe envoya par un valet son invitation au capitaine, puis elle pria Pauline de repasser avec soin ses dentelles, car elle voulait faire à Monsieur de Droghi l'honneur de ses plus riches atours. Enfin, se levant, elle prit le bras qu'offrait Casanova et lui demanda de lui faire visiter le parc.

Soudain ravalée à son vrai rang de chambrière, Pauline quitta sa maîtresse sur une révérence fort sèche et contrainte, tandis que le chevalier de Seingalt, restauré du même coup dans ses titres et privilèges, conduisait la charmante Madame de Fonscolombe dans la grande allée menant au canal et aux bassins.

« Je vous remercie, dit-elle, d'accorder cette promenade à une vieille personne qui ne sait même plus marcher toute seule.

— Vous vous moquez, Madame : ce tête-à-tête marque un des plus agréables moments de ma vie.

— Ce tête-à-tête, comme vous dites, n'est sans doute pas celui auquel vous aspiriez.

— Encore moins ressemble-t-il à celui qu'espérait votre suivante.

— Elle est d'un âge et d'un caractère à vite oublier de si légères contrariétés.

— Je ne suis pas inquiet pour elle.

— Je l'étais pour vous.

— Je l'ai bien vu, Madame, et votre sollicitude me touche.

— Cette petite Pauline a de la grâce et du caractère, en dépit de ses folles idées. Je l'aime bien. Je crois qu'elle m'aime aussi. Mais elle ne mérite pas que vous lui accordiez de l'intérêt, car elle ne sait qui vous êtes et ne le saura sûrement jamais.

— Je ne suis pas seulement vieux : comme la cité qui m'a vu naître, j'appartiens à un temps qui n'est plus. Je suis pour ainsi dire révolu.

— Vous avez aimé les femmes comme on ne saura plus le faire : vous les trompiez en les divertissant, vous les quittiez en leur laissant toute l'idée de leur bonheur. Même de la plus sotte, vous faisiez une confidente avisée et la complice bienveillante de vos trahisons.

— Vous me connaissez, Madame, mieux que moi-même.

— Je vous connais sur votre réputation qui est grande chez les gens qui ont du sens et du cœur.

— Vous me flattez. Et je crois décidément que vous m'avez mieux cerné en quelques heures que n'ont su jadis le faire des femmes qui m'ont bien plus longtemps connu.

— Allons-nous échanger des compliments jusqu'au soir ? demanda en riant Madame de Fonscolombe.

— C'est que les compliments sont les caresses qui s'échangent entre les âmes. Elles sont le miel dont se nourrit l'amitié, parfois plus doux que les plaisirs de l'amour.

— Je suis d'un âge à me satisfaire de ces caresses-là, Monsieur, et je veux bien de votre amitié. La mienne vous est acquise. »

Casanova fut presque deux heures à se parer de tout ce qu'il lui restait d'or, de soie et de dentelle. Il aurait pu se présenter ainsi à la cour du roi Frédéric ou de l'impératrice Catherine. Examinant dans le miroir le détail de ses apprêts, le chevalier de Seingalt songea au temps où des monarques consentaient à lui parler, mais aussitôt il se rappela que ces deux grands souverains étaient morts l'un et l'autre. Il songea enfin que la ligne d'ascension et la ligne de descente de sa fortune allaient être d'égale longueur, et qu'il arrivait aujourd'hui au bout de son parcours, car voilà longtemps qu'il avait commencé à mourir.

Il poudra et fixa sa perruque avec le plus grand soin. Il hésita s'il allait porter l'épée, ou bien paraître avec sa canne à pommeau de vermeil. Il opta pour l'épée, et paracheva ce vrai portrait d'ancêtre en épinglant sur son habit la croix de l'Eperon d'or que le pape lui avait remise voilà un demi-siècle.

C'est ainsi accoutré qu'il se rendit dans le petit cabinet où Madame de Fonscolombe avait demandé qu'on soupât comme la veille. Monsieur Rosier, toutefois, avait couvert une table où cinq personnes pouvaient se tenir à leur aise.

Le capitaine de Droghi se trouvait déjà là, conversant à voix basse avec Pauline. Ils se tenaient dans l'embrasure de la fenêtre, et, à les voir réunis ainsi en aparté, on avait peine à les croire occupés seulement de la guerre qui se passait en Italie. Madame de Fonscolombe n'était pas encore là. L'abbé Dubois était assis dans un fauteuil, devant la cheminée, fixant l'âtre vide et songeant à Dieu sait quoi.

Casanova s'arrêta au milieu de la pièce et demeura là, attendant que le capitaine, son cadet de trente ans, vînt le saluer. Mais le capitaine était si bien occupé avec Mademoiselle Desmarets, si plein de ses paroles, qu'il ne le vit pas tout d'abord, et le chevalier de Seingalt fut une bonne minute à attendre qu'on voulût bien l'apercevoir.

Madame de Fonscolombe apparut sur ces entrefaites. La vieille dame était si bien assortie par la coiffure et la robe au chevalier de Seingalt que, loin de sourire à la vue de ces toilettes surannées, Pauline et le capitaine restèrent médusés comme s'ils s'étaient trouvés devant les spectres de quelques-uns des génies qui avaient fait la grandeur et la beauté de ce siècle.

Casanova s'inclina profondément, puis vint baiser la main de la vieille dame, qui était en robe à la polonaise, de soie peinte, et coiffée d'un bonnet de dentelle et de rubans dont le taffetas posait des reflets bleus sur le blanc des cheveux poudrés et frisés.

Le capitaine et Pauline se détachèrent de leur encoignure pour s'approcher, tandis que, prenant la canne dont Madame de Fonscolombe s'aidait quand elle se déplaçait seule, Casanova conduisait la vieille dame à table et s'asseyait à sa droite. Pauline et le capitaine s'assirent face à eux, l'abbé étant seul au bout de la table.

En dépit de ces dispositions, il apparut bientôt que Pauline et le capitaine n'avaient nullement renoncé à leur engagement réciproque de souper en tête à tête. Ils firent ensemble leur conversation, sans donner la moindre attention à ce qui se disait à côté d'eux. Il est vrai que dans leurs costumes et avec leurs mines d'autrefois, Madame de Fonscolombe et son hôte paraissaient égarés, oubliés là comme des vieillards que la vie a quittés avant même que la mort ne s'avise de les prendre.

Madame de Fonscolombe essayait en vain de distraire Casanova qu'elle sentait au supplice, car le malheureux ne pouvait empêcher le badinage galant de la belle et de l'officier de cavalerie. Or les confidences qu'ils échangeaient devaient prendre une tournure de plus en plus tendre et secrète, car leur conversation ne fut bientôt plus qu'un murmure, et le jaloux pouvait bien tendre l'oreille, il ne distingua plus leurs paroles.

On lui faisait ainsi ce qu'il avait tant de fois fait aux autres et il jouait le personnage du barbon. Mais il ne pouvait disconvenir qu'il était grand temps d'apprendre ce rôle-ci. L'acteur qu'il avait toujours été n'ignorait pas qu'Arlequin doit un jour troquer son habit contre celui d'Arnolphe ou de Géronte, s'il ne veut que le public le siffle.

Madame de Fonscolombe se pencha vers lui et lui dit à l'oreille : « Souvenez-vous qu'on vous a donné bien plus d'amour que n'en recevra jamais ce sémillant capitaine.

— Je ne m'en souviens que trop bien.

— Songez qu'on vous aime encore, à Vienne, à Paris, à Madrid, partout où vous êtes passé !

— Partout où je suis passé, répéta Casanova d'un ton plein de mélancolie, je me souviens en effet d'avoir beaucoup aimé, je me souviens d'avoir été, et je me console d'autant moins de n'être plus.

— Trouvez-vous si difficile de vieillir ?

— Oui, Madame, car la vieillesse ne vient que pour nous faire regretter d'avoir mal joui de ce que nous possédions. Et à quoi sert la connaissance qu'elle donne, puisqu'on ne saurait vivre deux fois ? »

Il n'était que minuit quand l'infortuné philosophe regagna sa chambre. Le capitaine n'était pas disposé à prendre congé de sitôt, et Pauline s'apprêtait à l'évidence à de tendres adieux. Le fidèle Rosier emmena Madame de Fonscolombe et, l'abbé s'étant assoupi dans un fauteuil, Casanova jugea qu'il ne lui restait plus qu'à se retirer à son tour. Dans la comédie qui se préparait, il n'y aurait que deux acteurs, qui savaient leur rôle et n'auraient pas besoin du souffleur.

Casanova demeura un moment devant le grand miroir où l'on pouvait se regarder en pied. Il ôta sa perruque et en balaya le sol, faisant une profonde révérence au vieillard presque chauve qui se trouvait devant lui. Puis, lentement, comme accablé de fatigue, il se défit des oripeaux qui constituaient désormais tout son patrimoine, laissant par terre l'habit de soie et le gilet brodé d'or.

Il alla s'étendre ainsi, en chemise et en culotte, ayant posé sur une table le chandelier dont il ne laissa brûler qu'une bougie.

Dans la lueur faible et tremblante, Giacomo laissa ses pensées suivre leur cours et s'abîmer peu à peu dans le sommeil et l'oubli du temps présent où les vieillards, obsédés de l'idée de leur propre déchéance, trouvent un abri provisoire avant le repos de la tombe.

Mais, dans ce refuge même, trop d'agitation

l'empêchait encore de connaître la paix. Ne se délivrerait-il donc jamais de cette passion des femmes qui l'avait fait vivre trop vite, de cette fureur de jouir qui l'avait poussé sur les routes d'Europe, du souvenir de tous ces bonheurs qui n'avaient duré qu'un instant et qui, bout à bout, ne formaient toujours qu'un instant ?

Il n'imaginait que trop bien le colloque amoureux qui se poursuivait si près de lui. Pauline et de Droghi étaient-ils demeurés dans le cabinet ? L'officier profitait-il du sommeil de l'abbé Dubois pour achever sur place la conquête des trésors de la jeune femme ? Ou bien l'avait-il entraînée dans le parc pour l'étendre sur le gazon et profiter plus à loisir de ses complaisances ? Giacomo songeait que celle dont il s'était si violemment, si désespérement épris ne se trouvait qu'à quelques pas de lui, dans les bras d'un autre. Mais ces quelques pas mesuraient aussi un espace qu'il n'était au pouvoir d'aucun humain de franchir.

Il s'adonnait malgré lui à ces sombres pensées quand il entendit qu'on grattait à la porte. Il se dressa sur son séant, réveillé d'un seul coup par un impossible espoir, et vit que le battant s'ouvrait tout doucement.

Une ombre, légère comme une buée qui serait née de l'obscurité même, traversa la pièce et, d'un bond, fut sur le lit, blottie contre Giacomo et cherchant ses lèvres pour les baiser.

Interdit, Casanova reconnut Tonka, la fille du jardinier, une gamine qu'il avait eu la fantaisie, voilà deux ans, d'entraîner une certaine nuit dans la grande serre et dont il avait cueilli les prémices parmi les fleurs exotiques dont le comte Waldstein faisait garnir les vases et les jardinières.

Tonka, que Giacomo appelait Toinette ou Toinon, avait à peu près autant d'esprit que les tomates ou les poires qu'elle aidait son père à cueillir. Elle ne parlait que la langue de Bohême, jargon de paysans auquel Casanova n'entendait rien. Mais la petite était gracieuse et aussi fraîche que les roses du jardin dont sa peau de blonde, malgré le soleil et les intempéries, avait la délicatesse et comme le parfum. Elle était faite à peindre, la taille fine, la jambe longue, la main petite. Son visage était plutôt rond qu'ovale et le sourire lui donnait un air charmant de surprise et d'interrogation qui pouvait passer pour une espèce d'entendement. Elle ne possédait malheureusement qu'un œil, ayant par accident perdu l'autre. Cette disgrâce l'obligeait à couvrir d'un bandeau l'orbite vide.

A dix-huit ans, elle paraissait encore une fillette, non que la nature, plus généreuse à lui donner de la chair que de l'esprit, n'eût prodigué sur elle rondeurs et fossettes, mais parce qu'elle n'avait sans doute pas beaucoup plus de raison qu'un enfant à la mamelle. Elle ne savait qu'obéir, pourvu qu'on lui parlât avec douceur, et elle faisait alors avec la plus grande exactitude tout ce qu'on lui demandait. Si on la grondait, en revanche, son œil unique s'emplissait de larmes, ses lèvres se pinçaient, et la malheureuse demeurait pétrifiée, aussi incapable de se mouvoir que les sujets mythologiques ornant les pilastres de la terrasse. Casanova n'avait pu résister à la tentation de parler avec bonté à cette innocente, et elle avait obéi sans la moindre réserve. Le vieux séducteur y avait trouvé de très délicats plaisirs, s'amusant de la parfaite naïveté de la fillette. Toinon, en effet, n'avait pas l'idée de ce qu'il lui arrivait, mais réagissait avec un entrain d'autant plus touchant et montrait de vraies dispositions à jouir des caresses et à les rendre. Celle qui n'avait jamais su entendre plus de quelques mots, et des plus communs, mettait comme de l'intelligence et de la finesse aux mouvements de la volupté.

C'est par sa candeur même que la simplette avait su inspirer au vieux libertin un dernier désir, lui arracher ses dernières forces et presque lui tirer son dernier souffle.

La fillette et son maître en débauche ne se revirent plus ensuite, ni dans la serre, ni ailleurs, non que Toinon se fût déjà lassée de ce qu'elle avait appris avec tant de plaisir et de facilité, ou que Giacomo eût pensé ne plus rien pouvoir lui enseigner. Mais, passant quelques jours plus tard par le château de Dux, la princesse de Liechtenstein, mère du comte Waldstein, emporta dans sa berline plusieurs livres de la bibliothèque, une pendule dont elle voulait faire copier le modèle par un horloger de Dresde, et la petite Tonka pour remplacer une servante de cuisine qui venait de mourir en couches.

Casanova avait pesté en lui-même contre ce coup du sort. Il fut d'abord comme un enfant qu'on a privé de son toton. Puis il oublia la fille de Polyphème, car toute sa sagesse était de vite oublier. Pas une fois il ne se ressouvint de cette aventure. Cent autres créatures, plus belles et plus rares, se disputaient les faveurs de sa mémoire, comme autrefois elles s'étaient disputé ses baisers et ses caresses.

Et voilà que ce petit fantôme en chemise de gros lin et bonnet de coton, son bandeau sur l'œil, quittait les limbes, précisément, du paisible et sage oubli pour surgir soudain, non pas même parmi les salades et les fraises de la serre, humblement pour ainsi dire, mais dans le lit de Giacomo ! Elle se frottait contre lui comme l'eût fait un chat ou un chien, et le chatouillait en lui murmurant des tendresses dans son langage épais et guttural. Dans son impétuosité, la petite bacchante secouait rudement le vieillard qui n'avait pas pour habitude de résister à ces sortes d'assauts, mais qui, surpris dans sa mélancolie, réagit avec humeur, tâchant d'écarter de lui cette bouche trop gourmande et ces deux menottes qui cherchaient sans façon l'instrument du plaisir.

Au cours de la lutte, la chemise de Tonka se releva, découvrant les jambes du petit démon et la toison rousse qui dessinait à ravir l'entrée du sanctuaire. Mais ces visions charmantes n'émurent point Giacomo qui, avec deux ans de retard, fut saisi du dégoût de lui-même. Comment avait-il pu désirer un jour cette innocente ? Comment avait-il pu tomber dans une telle abjection, lui qui aimait les femmes surtout pour leur esprit et leur conversation, pour la beauté de leur visage, et ne désirait tant connaître l'intimité de leur corps que pour pénétrer le secret de leur âme.

La petite, cependant, ne comprenait pas la froideur de celui qu'elle aimait avec toute la candeur et la force de ses appétits. Même la fille la plus stupide possède assez de sens pour discerner sans réflexion si elle est belle ou laide, et si elle capable d'inspirer du désir. Or Tonka, hormis sa pauvre cervelle et le bandeau qui lui barrait le visage, de façon d'ailleurs moins laide que bizarre, ne manquait nullement d'attraits. On dit aussi que les êtres privés d'esprit ont de la constance et de la fidélité, corrigeant le faible nombre d'idées qui les occupent par la vivacité de leurs impressions et par la force du souvenir qu'ils en gardent. Pour Tonka, les deux années qui venaient de passer n'étaient rien, avaient filé comme un instant, et il n'était pas douteux que la pauvre fille n'avait aucune notion claire du temps écoulé, encore moins de tout ce que l'éternel flux emporte sans retour.

Pendant un moment encore elle s'évertua auprès de Giacomo, tâchant de l'agacer par les attouchements les plus indiscrets, lui mangeant le visage de baisers et manquant lui déchirer sa chemise. D'une voix que l'impatience rendait plus aiguë et comme plus claire, elle continuait à rire et chuchoter Dieu sait quelles lourdes gentillesses, croyant que son vieil amoureux s'amusait à différer leur étreinte et que ce jeu allait finir.

Puis, Casanova s'étant redressé sur son séant et ayant écarté l'importune par une bourrade plutôt rude, la malheureuse comprit enfin qu'on ne voulait plus d'elle. Elle resta un moment comme interdite, scrutant le visage de Giacomo d'un regard où l'on voyait qu'une extrême inquiétude peut presque tenir lieu de réflexion. Et soudain elle fondit en larmes, poussant de tels gémissements que Casanova lui mit une main sur la bouche, craignant qu'on entendît ses cris jusque dans les chambres les plus éloignées.

Pendant un quart d'heure la petite fut secouée de

sanglots. N'ayant plus à se défendre contre ses maladroites entreprises, Giacomo la tint serrée entre ses bras, la berçant doucement, comme il l'eût fait d'une enfant. Or elle n'était en vérité qu'une enfant : le vieux séducteur oublia pour un moment sa passion pour Pauline Desmarets et ne s'inquiéta que de réparer de son mieux l'espèce de crime qu'il avait commis voilà deux ans, ayant obéi à sa propre désinvolture qu'il appelait son « mauvais génie ».

Tonka s'étant à peu près calmée et n'exprimant plus son désespoir que par de fréquents soupirs, Giacomo songea à la chasser de l'alcôve. Mais, la voyant si défaite, la chemise toujours relevée autour de la taille, livrée ainsi à ses regards avec une confiance et une innocence qui le touchaient, le vieil homme remonta le drap sur les jambes de la fillette qui se détendit peu à peu et demeura immobile, allongée sur le dos, le visage maintenant paisible.

Puis il alla moucher la bougie et revint se coucher auprès d'elle. Elle dormait déjà. Il ne tarda pas à s'endormir à son tour.

Réveillé à l'aube, il eut le désagrément de retrouver auprès de lui cette fillette dont il ne savait que faire. Elle dormait paisiblement, aussi éloignée du monde des humains, sans doute, que lorsqu'elle veillait. Giacomo songea qu'elle ressemblait ainsi à l'un de ces automates que Monsieur de Vaucanson montrait jadis dans les cours d'Europe, et qu'il lui aurait suffi, s'il en avait eu le caprice, d'en remonter le mécanisme pour lui faire de nouveau accomplir une parfaite imitation des mouvements de l'amour. Mais cette idée ne lui inspira, comme la nuit passée, que de la honte et du dégoût. Il avait été assurément un grand charlatan d'user un jour de cette créature comme d'une femme de chair et de sang.

Il devait sans tarder la faire déguerpir de sa chambre, et veiller ensuite à la tenir éloignée de lui : quelle figure ferait-il si l'on voyait cette malheureuse constamment attachée à ses pas et recherchant ses caresses ? Dieu merci, elle ne disait pas grand-chose et son galimatias était ordinairement dépourvu de sens. Mais ses regards, ses silences même, son air d'humilité, parleraient encore trop.

Giacomo éveilla Tonka, non avec douceur, mais en prenant garde de ne pas l'effrayer et risquer de lui faire pousser de nouveaux cris. La petite quitta le lit, docile, résignée : elle n'aurait pas eu l'idée de résister, puisqu'elle n'avait pas d'idée du tout.

Quand elle fut partie, Casanova s'habilla de son manteau de voyage, d'un bonnet qui n'était pas de saison, et alla dans le parc.

Le soleil se levait dans un ciel très pur. Le faîte des grands ormes qui bordaient la pièce d'eau s'enflammait à ses premiers rayons, tandis que régnait sous leurs frondaisons ce clair-obscur rougeoyant qu'on voit ordinairement dans les forges. Casanova marchait à grands pas sur la berge du bassin, regardant l'eau dormante au fond de laquelle le disque du soleil était plongé comme un fer chauffé au feu. Mais le vieil homme avait froid et serrait contre lui les basques de son manteau.

Il alla une heure durant, droit devant lui, quittant le parc pour entrer dans la forêt qui s'étendait au-delà. L'épais feuillage des chênes et des sapins le mettait à l'abri de la lumière du jour et, peut-être, d'interrogations trop inquiétantes. Quand il eut épuisé l'excès de ses forces, Giacomo revint sur ses pas, songeant avec mélancolie que son corps, aussi bien que son esprit, ne voulait pas de la sagesse qui vient d'habitude avec l'âge et nous porte à quitter la vie de bonne grâce.

Il était obsédé de Pauline et ne pouvait s'empêcher de l'imaginer dans les bras de De Droghi. Il disposait lui-même les deux amants dans toutes les positions de la volupté, et aucun de ces tableaux lascifs ne rassasiait sa jalousie. Il révisait le catalogue entier de ses propres aventures, qu'il avait plutôt coutume d'évoquer pour son plaisir, et il en prêtait le meilleur, ou désormais le pire, à son rival heureux. Le bibliothécaire qu'il était n'avait ainsi à consulter que les volumes de son propre fonds, qu'il parcourait comme on feuillette des albums d'estampes obscènes, et les dessins en étaient d'une affreuse vérité, d'une impitoyable précision.

Puis il s'avisa que Pauline se trouvait dans un état où les femmes ne peuvent aisément accorder leurs dernières faveurs, et où un amant répugne pareillement à les recevoir. Cette idée l'apaisa un peu, lui faisant espérer que la belle et son capitaine s'en seraient tenus à de tendres embrassements, à de fiévreuses caresses, et qu'ainsi l'officier de cavalerie ne s'était pas rendu maître de la place.

Ayant échangé son manteau pour une jaquette de velours, Casanova se rendit auprès de Madame de Fonscolombe qu'il trouva dans le petit salon chinois, en compagnie de sa suivante et de l'abbé.

Giacomo prit le sage parti de ne pas chercher sur la physionomie de Pauline les marques de son récent bonheur. La cause de ce bonheur ne commençait-elle pas à s'éloigner au trot rapide des chevaux des armées impériales ? Et ce qui n'aurait bientôt plus de cause, songea l'avisé philosophe, allait du même coup cesser d'exister.

Ayant demandé à Rosier de lui servir de secrétaire, Madame de Fonscolombe se retira dans sa chambre pour écrire des lettres. Casanova s'en alla travailler dans la bibliothèque. Il engagea l'abbé à l'accompagner, afin d'examiner, s'il le désirait, quelques-unes des raretés qui s'y trouvaient. Pauline fut laissée seule, sa maîtresse lui ayant permis de disposer d'elle-même jusqu'à midi. Casanova espérait la piquer en ne restant pas auprès d'elle pour lui faire sa cour. Pour le coup, il se montra aussi empressé auprès de l'abbé qu'il l'aurait été à l'égard d'une jolie femme : il comptait le retenir dans la bibliothèque aussi longtemps que possible, de manière que Pauline fût privée même de cette compagnie-là.

Madame de Fonscolombe prévint vers midi qu'elle

ne dînerait pas et que Rosier resterait avec elle pour lui faire la lecture. Casanova invita Dubois à l'auberge du village où l'on servait une fort curieuse cuisine allemande. L'abbé accepta d'enthousiasme, car il s'y entendait mieux en sauces et en vins qu'aux maximes d'Epictète et aux raisonnements d'Aristote, fussent-ils reliés de cuir précieux et frappés aux armes de Wallenstein. Ces deux amis de hasard restèrent à table jusqu'au milieu de l'après-midi. Il en coûta un ducat à Giacomo, mais ce prix ne lui parut pas trop élevé, non plus que le déplaisir d'être éloigné de l'objet de sa passion, du moment que Pauline demeurait seule ou, pis encore, livrée à la seule compagnie des valets du comte Waldstein et aux abominables ragoûts de Faulkircher.

Rentrant au château vers quatre heures, l'esprit aussi lourdement lesté que le ventre, mais l'âme en paix, Casanova se sentait prêt à noblement reprendre l'offensive amoureuse contre la petite robespierriste. Il ne put s'empêcher de sourire en songeant qu'il ne ferait pas moins la guerre à la Révolution, ainsi, que le bouillant capitaine de Droghi, et que chacun aurait à vaincre sur le terrain qui lui convenait le mieux. Autant que Waldstein, de Droghi avait la passion des chevaux, et Casanova considérait que ce goût n'allait pas avec celui qu'on a pour les femmes.

Laissant l'abbé achever sa digestion sur un banc du jardin, Casanova monta vivement l'escalier et gagna les petits appartements où l'on se réunissait depuis trois jours.

Pauline était dans le salon de musique. Apercevant Casanova sur le seuil, elle lui sourit. Giacomo pensa défaillir de saisissement et d'horreur : juste à côté d'elle, assis de biais sur le bord d'un fauteuil et le genou presque à terre, le capitaine de Droghi, ou son double parfait, semblait lui offrir un éternel amour, encore qu'il y eût chance que la chose fût déjà consommée.

Comme pour faire pendant à cette absurde figure et donner de la symétrie au tableau, Giacomo reconnut, de l'autre côté de Pauline, à ses pieds aussi, assise sur un tabouret bas, la petite Tonka. Elle était occupée à passer l'aiguille dans un canevas, et si appliquée à son ouvrage qu'elle ne leva pas les yeux sur lui.

Comme dans les cauchemars, Giacomo ne sut échapper à cette affreuse fantaisie de son imagination qu'en se cachant lui-même. Il courut vers l'escalier comme s'il avait été poursuivi par des fantômes, et trouva refuge dans sa chambre, ayant prestement refermé la porte sur lui.

Il resta un moment derrière le battant, la main posée sur la poignée, tremblant et la respiration oppressée, incertain de ce qu'il avait aperçu, et pourtant n'en doutant pas. Puis il alla se jeter dans son fauteuil, et là, faisant face à la porte qu'il paraissait ainsi surveiller, il tâcha de donner un semblant d'apparence à ce qu'il venait de voir.

Or l'image abominable de Pauline, de Toinette et du capitaine ainsi réunis en trio ne s'expliquait que par l'intervention de la Providence, lui marquant qu'il devait aujourd'hui encore payer pour les fautes auxquelles l'avait si souvent poussé son mauvais génie. Le retour inattendu et si prompt de son rival, au reste, le troublait bien moins que la rencontre que Pauline avait faite de Toinon : la petite nymphe à la tête creuse ne s'était-elle pas empressée de révéler à Pauline qu'elle avait reçu les faveurs de Casanova ? Celui-ci savait d'expérience que les femmes peuvent converser ensemble sans le secours des mots, tout comme elles pensent souvent avec justesse sans le secours de la réflexion.

Giacomo resta jusqu'au soir comme statufié dans son fauteuil par la contention de son esprit, sans pouvoir se déterminer à rien, songeant seulement au moyen de faire expédier la petite auprès de son père, dans l'espèce de cabane, au bout du parc, qui leur servait d'habitation. Mais cette décision était du ressort de Schroetter qui à aucun prix ne manquerait de contrarier son ennemi le bibliothécaire.

Ainsi plongé dans ses interrogations, Casanova omit de rien disposer pour le dîner et, voyant que le jour tombait, il songea même à ne point paraître et à demeurer dans sa chambre jusqu'au départ, dans quelques jours sans doute, de Madame de Fonscolombe et de sa belle suivante.

Puis il se leva pour aller allumer les bougies du chandelier qui était sur la table à écrire, escomptant que les quelques pas qu'il ferait jusque-là redonneraient le mouvement à ses pensées et rendraient à son esprit un peu de son agilité.

Il vit que deux lettres avaient été déposées sur le portefeuille de maroquin.

Madame de Fonscolombe avait fait ordonner le souper dans le salon chinois, remarquable par un délicat décor à motifs d'arabesques, une pendule de bronze imitant la forme d'une pagode, et deux curieuses commodes, l'une de laque rouge, l'autre de laque noire.

Casanova s'excusa de n'avoir paru de tout l'après-midi, prétextant une indigestion que lui avaient donnée ses agapes allemandes avec l'abbé Dubois.

« Votre visage était en effet d'une pâleur extraordinaire, observa Pauline, et votre ami de Droghi a sérieusement balancé s'il n'allait pas faire quérir un médecin. »

Son air d'amusement fit concevoir à Giacomo que la belle ne croyait pas à son indisposition : elle avait dû bien rire de l'étrange mine qu'il avait faite en voyant le capitaine. Mais Casanova redoutait surtout, comme on a dit, qu'elle eût trouvé dans Toinette un autre motif de se divertir à ses dépens. Par quel prodige la petite se trouvait-elle auprès d'elle, aussi naturellement que si elle avait été à son service ? Etait-ce une nouvelle traîtrise de ce gredin de Faulkircher ? Ou de Schroetter ? Ou de tel autre encore des innombrables ennemis qu'il avait dans ce château, et qui se montraient d'autant plus intraitables et vils qu'ils étaient de condition dépendante ?

Mais il ne se posa aucune de ces questions, sachant que les réponses viendraient d'elles-mêmes et qu'il saurait bien assez tôt jusqu'où s'étendait son discrédit. Pauline, cependant, se plut à lui expliquer que le départ du régiment Waldeck était retardé de plusieurs jours et qu'on aurait le plaisir de revoir souvent le capitaine.

Mais le chevalier de Seingalt affecta bientôt de se désintéresser de la suivante de Madame de Fonscolombe et fit toute la conversation avec sa maîtresse, ou avec l'abbé. Celui qui pouvait jadis perdre vingt mille livres au pharaon ou au biribi sans que sa physionomie exprimât la moindre émotion, l'aventurier qui estimait avec raison que tout l'honneur d'un homme perdu est de savoir se composer un masque de parfaite sérénité, fit ce soir-là un personnage du meilleur ton, hôte attentionné, causeur charmant, et, pour l'heureuse Madame de Fonscolombe, représenta un vrai sigisbée.

Après le souper, l'abbé Dubois, qui voulait à nouveau gagner quelques ducats sur la vieille dame, proposa une partie de quadrille. On joua jusqu'à minuit. Le chevalier annonça qu'il avait reçu une lettre de la princesse, mère du comte Waldstein, qui pensait s'arrêter à Dux avant de se rendre à Berlin, et faisait prier Madame de Fonscolombe de prolonger son séjour jusqu'à son arrivée, afin qu'elles pussent faire connaissance.

Casanova parla ensuite de l'autre lettre du jour, qui lui venait d'une certaine Eve, fille, non du Verbe divin, mais d'un Juif nommé Jacques Frank, fondateur d'une secte naguère fameuse.

Cette Eve-ci était d'une beauté propre à faire croire, comme elle le prétendait, qu'elle serait bientôt la mère d'un nouveau messie. Casanova la présenta comme une « connaissance » qui venait régulièrement le consulter sur des questions d'alchimie ou quelque point obscur d'interprétation de la Cabale. Sa lettre, datée de Leipzig, laissait entendre qu'elle arriverait dans deux ou trois jours.

Eve avait aujourd'hui vingt-huit ans. Elle était plus belle encore que ne l'avait annoncé Casanova, et son superbe port de tête que modérait toutefois un air de constante aménité, la grâce de ses mouvements, l'espèce de majesté qui ressortait de toute sa personne, donnaient à penser qu'il y avait en effet du divin dans sa nature, et qu'un jour elle enfanterait un nouveau messie, ou qu'elle accomplirait du moins des choses prodigieuses.

Elle était grande de taille, mais plus encore par la hauteur de son maintien. Ses cheveux tombaient en boucles noires sur des épaules de marbre toujours nues. Ses yeux, très grands, avaient la profondeur d'une nuit où scintillaient les étoiles de passions innombrables et changeantes. Même quand elle souriait, l'ovale un peu long de son visage donnait à sa physionomie un certain air de gravité. Ses bras et ses jambes étaient longs aussi, non point exagérément, mais de manière à donner à ses mouvements une allure de lenteur qui entrait pour beaucoup dans la composition de son orgueilleuse tournure. Le nez était très fin, mais non point aquilin, la bouche était petite, les lèvres bien ourlées, les dents régulières. Or toutes ces grâces n'égalaient pas la perfection de la gorge, qu'elle avait ronde et bien développée, de la taille admirablement formée, de la hanche dont le splendide évasement appelait sans nul doute l'action éternelle du Verbe divin et semblait propre à contenir en effet la progéniture du Seigneur.

Ses robes de mousseline ou de tulle étaient encore plus légères que celles dont Pauline rehaussait ses propres attraits. Mais nul n'aurait disconvenu que les beautés de la future mère de Dieu étaient plus éclatantes que la lumière du jour, et qu'ainsi elle ne les voilait que pour préserver de leur brûlure les yeux qui les contemplaient.

Si elle n'était pétrie de la vraie Substance divine, Eve possédait du moins les qualités qui font une reine ou, avec plus d'apparence, la maîtresse d'un souverain, et l'on dit que l'empereur Joseph lui-même rendit d'ardents hommages à ses charmes.

Mais elle n'était que la fille d'un rabbin tombé dans la charlatanerie et, la fortune de la belle ayant subi de grands revers, on pouvait pour vingt florins prendre auprès d'elle la place de l'empereur Joseph, ou même celle de Dieu, et participer au mystère de l'Incarnation.

Sur le chemin de Toeplitz ou de Carlsbad, où elle se rendait à la saison pour y recruter de nouvelles dupes, Eve la divine s'arrêtait parfois à Dux, afin de saluer Casanova qu'elle tenait pour un grand maître en matière d'imposture. Elle lui marquait son admiration en lui tirant les plus agréables soupirs, et Giacomo lui témoignait de même le plus brûlant respect. Ainsi, de Tonka, la trop simple fille du jardinier, à Eve qui ne prétendait pas à moins que d'enfanter le second fils du Seigneur, Casanova n'avait cessé de manifester qu'il croyait en la nature divine des femmes. Ce vrai sage savait trouver de l'ange et de la bête dans la même créature. Or il ne lui répugnait pas que la bête y fût quelquefois prépondérante, et l'ange, dans tous les cas, passablement déchu.

Au premier instant, Madame de Fonscolombe conçut une espèce d'amitié pour cette personne sûrement capable, par la seule douceur ensorcelante de sa voix, de faire parler les défunts, ou d'en obtenir même davantage. Eve s'annonçait elle-même pour une aventurière et ne dissimulait nullement qu'elle se tenait prête à berner quiconque passait à sa portée. Mais un tel cynisme relevait encore ses attraits, et Madame de Fonscolombe avait vécu en un temps et dans une société où les charlatans étaient fêtés et applaudis par ceux qu'ils abusaient, pourvu que ce fût avec talent. Cette société mourait aujourd'hui d'avoir trop souvent jeté ses privilèges sur les tables de jeu, n'ayant d'autre règle, pour distinguer le bien et le mal, l'utile et le vain, le vrai et le faux, que d'échapper pour un moment à l'ennui.

Pauline, en revanche, se déclara d'emblée l'ennemie de la trop belle cabaliste. Elle n'admettait pas qu'on pût donner la moindre complaisance à une créature dont la fausseté se décelait au premier coup d'œil. Et elle lui montra une si vive hostilité, affectant de ne pas la voir quand elle se trouvait là, de ne pas l'entendre quand elle lui parlait, que Madame de Fonscolombe lui en fit le reproche.

« Cette rouée ne sait qu'infecter les esprits des vaines superstitions dont elle fait commerce. Sa beauté même, qui donne une espèce de crédit à ses paroles, est un dangereux poison.

— Ce poison-ci n'a jamais tué personne, que je sache, mais apporte d'ordinaire une très agréable ébriété. Notre cher Seingalt y a autrefois goûté, et il pourrait bien vouloir y goûter encore.

— Le pauvre homme sera donc ici la première dupe de sa magicienne.

— C'est bien ainsi qu'il l'entend, je crois, et il n'y perdra ni la vie, ni même son temps comme il l'a fait avec vous. »

Madame de Fonscolombe n'aimait pas que Giacomo fût méprisé de Pauline pour la seule raison qu'il s'en était épris. Mais elle devinait que la visite de la magicienne fournirait l'occasion de quelque intrigue propre à donner du dépit à l'orgueilleuse suivante.

« Cet homme est ridiculement infatué de lui-même, repartit la jeune femme, et il s'enticherait de la plus laide ou de la plus sotte créature, à seule fin d'admirer dans ses yeux sa propre image comme dans un miroir. Comment ne pas mépriser un si ridicule personnage ?

— Tout cela n'est qu'un jeu, ma pauvre enfant, mais je vous crois incapable d'en apprendre les règles.

— C'est que je n'y tiens pas.

— Votre Révolution et tous vos sans-culottes s'anéantiront eux-mêmes par leur terrible esprit de sérieux.

— Il n'y a en effet rien de plus sérieux que la liberté, Madame, et je me battrai pour elle jusqu'à mon dernier souffle.

— Restez donc en vie, ma chère Pauline : le sérieux dont vous parlez est l'ennemi de la liberté, car il mène au fanatisme. »

La vieille dame exposa ensuite que cette « raison » que Pauline invoquait comme son seul dieu n'avait fait que répandre l'intolérance, la haine, et le sang innocent. Elle-même, Jeanne-Marie de Fonscolombe, parcourait depuis cinq ans les routes d'Europe et désespérait de jamais revoir sa patrie pour le seul motif qu'elle était née riche et de sang noble.

« C'est par un étrange abus que vous vous dites les héritiers de Voltaire et des Philosophes, ajouta-t-elle, et ceux-ci, Dieu merci, sont morts assez tôt pour ne pas vous connaître.

— Ils auraient approuvé ce que nous faisons.

— Ils n'y auraient guère applaudi, et vous les auriez guillotinés, en parricides que vous êtes. »

La jeune femme et sa maîtresse bataillèrent sur ce ton pendant encore un moment, puis Casanova entra dans le cabinet chinois où elles se trouvaient, et elles s'interrompirent. Pauline jeta sur Giacomo un regard à lui faire rouler la tête dans le panier de Sanson. Or, Madame de Fonscolombe s'intéressait trop à cette controverse pour ne pas vouloir la poursuivre :

« Pauline rêve de vous réunir avec votre amie cabaliste dans une des charrettes du citoyen Fouquier-Tinville.

— Nous nous réunirons bien sans le secours de ce monsieur, répondit sur le même ton le chevalier, et nous choisirons un lieu plus approprié à notre conversation. »

Giacomo assortit son propos d'un regard d'amitié à la vieille dame en laquelle il trouvait une loyale alliée. Puis apparut celle qui était cause de toutes les disputes, dans ce château comme partout où elle passait. Casanova l'accueillit en lui baisant la main avec une tendresse affectée, tandis que la belle s'asseyait avec tant de grâce qu'on aurait cru que son corps était tissé de la même étoffe légère et transparente que sa tunique de vestale.

Eve et Giacomo étaient en charlatanerie comme le

frère et la sœur : ils se comprenaient à demi-mot et leurs pensées suivaient naturellement le même cours sans qu'ils eussent même besoin de parler. Madame de Fonscolombe se figurait avec vraisemblance qu'ils avaient été amants et pouvaient l'être encore. Pauline se faisait sans doute la même réflexion et, même si elle attendait avec une heureuse impatience le capitaine de Droghi qui viendrait dans une heure, l'entente qu'elle voyait entre Casanova et l'aventurière la mettait en rage. Mais ce que ni Madame de Fonscolombe ni sa suivante ne pouvaient concevoir, c'est que ces deux filous couchaient ensemble aussi naturellement et avec aussi peu de passion, en vérité, que deux voyageurs amenés par les circonstances à partager un lit dans une auberge. Ils étaient amants pour ainsi dire pour la commodité. Mais ils se donnaient des voluptés d'autant plus rares qu'ils les faisaient naître de leur seule science et de leur goût commun du plaisir. Ils pouvaient se quitter aussi facilement et pour toujours sans risquer de jamais se manquer ensuite. Chacun oublierait l'autre et lui serait fidèle de cette manière. Mais, s'ils se retrouvaient, leur entente se rétablissait aussitôt et leur fidélité se manifestait dans la première nuit de leur réunion. Ils se connaissaient si bien que, dans le feu du plaisir, ils se sentaient comme du même sexe.

Il déplaisait à Pauline de rencontrer une adversaire, même auprès d'un vieillard qu'elle n'aimait nullement. Or elle trouva bientôt en cette femme une rivale aux yeux du capitaine aussi.

Eve et Giacomo se montraient mutuellement de tendres sentiments. Mais cette amitié-ci ne suffisait pas à la charmante cabaliste qui avait vocation à tenir tout le genre humain sous l'empire de ses appas. Le capitaine de Droghi ne put échapper à l'attraction de cette splendeur véritablement céleste, tout comme les astres ne sauraient se soustraire à la loi de la gravitation.

La fureur de la belle à se faire adorer de tout ce qui vivait et respirait servait les desseins de Giacomo. Il n'eut pas à lui inspirer de séduire le fringant officier, car elle le fit d'elle-même. La future mère du vrai messie prenait auprès des simples humains, pourvu qu'ils fussent à son goût, des arrhes sur le bonheur d'être fécondée, le moment venu, par le Tout-Puissant. Elle ignorait le jour et l'heure assignés à la divine conception. Mais elle occupait agréablement le temps de cette attente.

Pendant toute la durée du souper, de Droghi n'eut ainsi d'yeux et d'oreilles que pour Eve. Il feignit même de croire aux prodiges que la belle prétendait accomplir, comme de déplacer des objets par le simple effet de la pensée, ou de déchiffrer l'avenir dans les dessins que forment les nuages, ou de converser avec les morts. Casanova hochait la tête avec le plus grand sérieux et ne prenait la parole que pour confirmer les dires de la magicienne, les illustrer d'une remarque flatteuse, leur donner tout le crédit possible. Lui-même n'avait-il pas des lumières sur les forces mystérieuses qui gouvernent l'univers ? N'avait-il pas jadis étudié le cycle magique du système de Zoroastre et invoqué les noms d'Araël et des autres génies des planètes ?

Pauline se défendait contre ces balivernes en invoquant la Raison, le bon sens, la géométrie, la mécanique. Elle n'avait que de faibles lumières dans les principales sciences, mais du moins ne se laissait-elle pas égarer par les billevesées des charlatans. Elle s'exprimait avec impétuosité, portant sur le complaisant et crédule capitaine des regards de courroux.

Attendant d'un jour à l'autre un nouvel ordre de marche pour son régiment, celui-ci se voyait tout d'un coup engagé dans deux intrigues et voulut sottement les mener ensemble à leur terme. Reconnaissant avec Pauline que l'univers n'est qu'un enchaînement aveugle de causes et d'effets, admettant avec Eve que toutes sortes de génies et de démons se cachent peut-être dans les rouages de la grande mécanique du monde et en gouvernent secrètement les actions, de Droghi joua bientôt le personnage d'un insensé, n'affirmant une chose que pour s'en dédire aussitôt, et paraissant ne rien entendre à ses propres paroles.

Casanova considérait avec amusement la déroute de son rival, observant que le capitaine ne s'avisait même pas de son ridicule face aux deux femmes qui, par l'éternelle connivence de tout leur sexe, s'entendirent pour laisser leur victime poursuivre son stupide bavardage jusqu'à ses conséquences les plus absurdes.

Madame de Fonscolombe ne fut pas la dernière à

vouloir jouer un rôle dans cette farce. Elle tenait à donner à Pauline la leçon qu'elle méritait. Car, même si la jeune femme se divertissait maintenant à faire sauter son amant après la balle, le plaisir qu'elle y trouvait ne pouvait être sans mélange, puisqu'elle-même se voyait comprise dans le ridicule du maladroit séducteur. Si elle ne s'en était pas encore avisée, Madame de Fonscolombe était déterminée à rendre la chose tout à fait claire. Elle en trouva bientôt l'occasion.

Casanova rapportait qu'il avait autrefois écrit une lettre à Robespierre où il remontrait à ce tyran qu'il était le nouvel antéchrist. Mais, la guillotine ayant privé ce contradicteur-ci, comme tant d'autres, du moyen de répliquer, aucune réponse n'avait été donnée aux arguments du chevalier de Seingalt.

La vieille dame eut alors l'idée que, grâce au prestige de la magie, cette réponse allait enfin pouvoir être apportée.

Casanova ne manqua pas de saisir cette occasion d'achever son adversaire : il affirma que la chose deviendrait en effet possible par l'adjonction aux moyens de sa propre sorcellerie des pouvoirs encore plus grands de la future mère de Dieu. Mais il fallait qu'une des personnes présentes, qui ne fût ni l'un ni l'autre des thaumaturges à l'œuvre dans cette opération, prêtât sa propre substance, son être matériel, pour permettre à l'âme de Robespierre de s'incarner un moment parmi les vivants. Pressenti le premier pour jouer ce rôle essentiel, l'abbé s'en défendit en poussant des cris et assurant qu'il n'assisterait pas à cette farce blasphématoire. Quant à Madame de Fonscolombe, elle allégua que l'ancien maître de la France refuserait certainement que son esprit fût affublé de la figure d'une femme. Il ne restait, pour prêter son corps et sa voix au fantôme, que le capitaine de Droghi. Mais tout le jeu ne consistait, depuis le début, qu'à lui faire tenir ce rôle.

Espérant flatter la magicienne par cette complaisance, pensant pareillement amuser la petite jacobine en se prêtant à une mascarade sacrilège, l'officier déclara qu'il accomplirait avec ponctualité tout ce que les deux magiciens ordonneraient.

Casanova fit moucher toutes les bougies, afin que le salon ne fût plus éclairé que par la lune dont la lueur entrait par les fenêtres. Eve expliqua que l'intervention de « Sélénis », ainsi qu'elle appelait le génie de la lune, était nécessaire à l'opération. Tout le monde en convint et l'on put commencer. Eve commanda à de Droghi de s'asseoir sur un tabouret, vis-à-vis de la fenêtre, et de se tenir immobile, les bras un peu écartés du corps, le dedans des mains tourné vers la lueur de l'astre de la nuit. L'officier obéit avec une exactitude toute militaire et se tint bien raide sur son tabouret. Madame de Fonscolombe et Pauline s'assirent un peu à l'écart, tandis que l'abbé se retirait, grommelant ses habituelles imprécations : avait-il erré si longtemps sur les routes d'Europe pour rencontrer à la fin le fantôme sanglant de Robespierre ?

Eve s'approcha du capitaine et, de l'index, traça sur son front, à plusieurs reprises, la figure d'une étoile que Casanova, qui expliquait complaisamment aux dames le *modus operandi* de cette farce, nomma le « Pentacle de Salomon ». De Droghi se prêtait au jeu de meilleure grâce que son adversaire même n'eût osé l'espérer : l'officier entendait montrer à la belle magicienne que, s'il n'était pas dupe de cette momerie, il offrait toutefois à ses charmes vainqueurs une reddition sans condition ni limite. Dans le même temps, il supposait que Pauline ne trouverait en lui que le désir de se comporter en homme d'esprit, soucieux de divertir la compagnie. Or, à chaque seconde qui passait, Eve le chassait un peu plus loin de son lit, et Pauline le bannissait à jamais de ses pensées, double miracle que Casanova venait de réussir, et qui n'était pas d'une autre sorte que tous les prodiges qu'il avait accomplis sa vie durant. Mais la magie ne faisait à cet instant que débuter.

Se tournant vers la fenêtre pour s'adresser à la lune, Eve prononça des paroles incompréhensibles auxquelles Casanova fit écho par des formules non moins obscures. Cela dura trois ou quatre minutes, et Madame de Fonscolombe eut loisir d'admirer avec quelle facilité les deux aventuriers pouvaient sortir de leurs esprits et de leurs bouches les fantaisies les plus absurdes.

Puis, ayant levé les bras et se prosternant à sept reprises devant l'homme qui n'était plus tout à fait de Droghi, qui semblait encore moins être devenu l'incarnation de Robespierre, mais qui, en tout cas, figurait un sot de la première volée, Eve fit admirer, dans la transparence de sa tunique, la sveltesse de sa taille et la souplesse de ses mouvements. Casanova l'interrogea alors d'une voix forte et solennelle : « Etes-vous prête à prononcer les noms ineffables ?

— Je crois que oui, répondit Eve.

— Auriez-vous la complaisance de me les communiquer ? »

La magicienne psalmodia de nouveau plusieurs paroles tout à fait incompréhensibles, puis porta la main à son front, vacilla, et parut soudain près de défaillir. Casanova fut auprès d'elle en une enjambée et la reçut dans ses bras. De Droghi regretta que le rite lui eût interdit de quitter son tabouret pour la secourir, mais il resta stoïque.

« Ah, Madame, s'écria Monsieur de Seingalt sur le

ton de la plus vive inquiétude, êtes-vous bien assurée d'avoir opéré dans l'heure de la lune ?

— Je le crois, car je suis allée à Jupiter, puis au Soleil, de là à Araël, c'est-à-dire à Vénus, et j'ai fini par Mercure.

— Vous avez donc sauté Saturne et Mars, ce qui raccourcit considérablement les choses mais n'est pas sans danger.

— Mon Dieu, oui, je l'admets, répondit avec simplicité la magicienne.

— Vous sentez-vous la force de poursuivre ? l'interrogea alors Casanova.

— Je dois auparavant savoir le nom de votre génie, afin qu'il me seconde, ou bien donnez-moi le serment de l'Ordre.

— Je n'ose et vous savez pourquoi.

— Je vous en conjure, mon cher Casanova. Je vous en aurai une reconnaissance infinie, dès cette nuit et jusqu'à demain... »

Les deux charlatans continuèrent ainsi pendant un moment, aussi sérieusement que s'ils avaient dit la messe, mais oubliant Robespierre, et même de Droghi, Pauline, Madame de Fonscolombe, pour ne plus songer qu'à organiser leur nuit galante, dont ils se plaisaient à régler le détail devant toute l'assistance, à mots à peine couverts.

Le lendemain, de Droghi reçut l'ordre de rejoindre la capitale avec son escadron. Il ne reparut point au château. Les salves d'artillerie et les charges de cavalerie qu'il aurait bientôt à soutenir représentaient peu de chose auprès des fatales moqueries qu'il devait à Robespierre. Le capitaine s'était avisé trop tard qu'il s'entendait mieux à mener au combat des chevaux que des femmes. Face au canon, il eût volontiers perdu la vie. Face à un homme, il concevait qu'il pût même perdre l'honneur. Mais, face aux deux démons qu'il avait eu l'imprudence d'affronter, c'est jusqu'à la notion de lui-même qu'il avait laissée sur le terrain.

Or il était dit que tous les hommes devraient égarer quelque chose dans l'aventure, car ce sont proprement dix années que Casanova effaça de son âge cette nuit-là, recueillant par trois fois les lauriers de vainqueur que sa belle complice fit reverdir sur lui par ses caresses et par ses baisers.

Eve s'en alla bientôt à son tour. Elle avait fait la conquête de Madame de Fonscolombe, qui ne songea pourtant pas à la retenir, jugeant que cette artiste devait répandre ses prestiges et ses charmes partout où la fortune disposerait de l'expédier. Elle la récompensa de son talent pour l'imposture par une lettre de change de mille florins sur son banquier de Vienne. N'étant venue à Dux que pour soulager Casanova de trois cents florins que ce dernier n'avait d'ailleurs pu fournir, la belle reprit la route le cœur léger et la tête bruissant de la pensée de ses prochains triomphes. Elle se rendit d'abord à Toeplitz qui n'était qu'à une demi-heure de voiture et, comme elle avait hâte de faire fructifier ses mille florins, ou de les perdre, elle négligea de passer par Jupiter et par Mercure.

L'aventure valut à Casanova d'être résolument détesté de Pauline. Jugeant que ce sentiment manifestait une espèce de considération et lui donnait l'importance qu'on lui avait refusée jusque-là, Giacomo s'avisa qu'il avait fait de grands progrès dans le cœur de la jeune femme. Il y occupait, à titre d'ennemi, une place de choix.

Pauline continuait à le fuir et, toutes les fois qu'elle le rencontrait, s'obstinait à lui faire sentir son hostilité. Mais elle y mettait pour ainsi dire de l'application, et son affectation de mépris assurait assez à Casanova qu'il n'était plus tout à fait méprisé.

Pendant une semaine, Tonka avait aidé son père à tailler les massifs de buis qui étaient dans le parc. Schroetter la ramena ensuite au château et la mit à frotter les parquets des grands salons qu'on ouvrait à la saison.

Tonka était vouée depuis toujours aux tâches les plus rudes : elle ne ménageait pas sa peine, preuve supplémentaire de son imbécillité selon les gredins qui étaient à la cuisine. L'étrange est qu'aucun de ces rustres n'eût songé à profiter de cette complète naïveté pour lui réserver le parti qu'on devine. Il y a peu d'apparence que ces gens eussent été sujets tant à la pitié qu'à un quelconque scrupule. Mais sans doute se croyaient-ils trop au-dessus de cette sotte et mettaient-ils leur vanité à ne pas la regarder comme une femme.

Pauline Desmarets, en revanche, s'intéressa naturellement à la petite borgne. Si elle entendait chasser de son cœur tout sentiment de charité, dont elle laissait l'usage aux curés et aux hypocrites, son intelligence et sa raison s'insurgeaient pourtant contre l'injustice, et elle s'émut du sort cruel de la malheureuse.

Elle donna vingt florins à Schroetter pour avoir à son service la petite disgraciée. Elle la nippa proprement d'une de ses robes, d'un bonnet, et d'une paire de souliers qui n'avaient pas fait trop d'usage. Ainsi parée, Tonka eut presque l'allure d'une demoiselle, de sorte que la suivante de Madame de Fonscolombe traîna après elle sa propre suivante.

La vieille dame plaisanta Pauline sur ce qu'elle se donnait ainsi des airs de duchesse. Giacomo ne fit pas de commentaire et, ne pouvant plus apercevoir Pauline que flanquée de la malencontreuse Toinette, il prit tout d'abord le parti de l'éviter, car il redoutait que la fillette ne vînt à trahir par quelque mouvement de tendresse le honteux souvenir qu'elle partageait avec lui. Pourtant, par une de ces finesses qui ne relèvent pas de l'entendement mais procèdent plutôt du cœur et de l'âme, la sotte Toinon, tout d'abord, ne laissa rien filtrer de son secret. S'étant rassuré, Casanova reprit sa cour auprès de Pauline, pestant toutefois contre le petit chaperon qu'à l'évidence elle n'avait engagé et ne gardait constamment auprès d'elle que pour contrarier ses entreprises.

De redoutable qu'elle lui avait paru, Tonka ne fut plus qu'importune. Pour un homme si capable d'ignorer les obstacles et les contretemps, la malheureuse, du même coup, ne fut plus rien. Le désir qu'il avait de Pauline rendit comme transparente cette pauvre fille, de même que, sa vie durant, les prémices de chaque nouvelle passion lui avaient régulièrement enlevé jusqu'au moindre goût pour telle ou telle jeune beauté que, la veille encore, il jurait d'adorer éternellement.

« Vous pourriez me plaire en dépit de votre grand âge, Monsieur, car vous avez assurément assez d'esprit pour effacer à mes yeux ces rides et les vilaines taches brunes qui marbrent votre front. Je pourrais passer sur ces indiscrets bésicles que vous chaussez pour considérer ma gorge à la façon dont vous plongeriez le nez dans un livre de prières. Je pourrais m'amuser de votre immense fatuité au point d'y répondre par de l'indulgence. Je pourrais alors vous accorder par manière de jeu ce que vous désirez tant obtenir et qui n'est au vrai que peu de chose. Je vous laisserais jouir de mes complaisances pendant un moment, et je m'appliquerais à vous donner toutes les voluptés possibles à seule fin de vous faire regretter ensuite de ne plus disposer de moi. Mais ce que je ne peux vous pardonner, c'est d'avoir été votre vie durant un esprit mercenaire, d'avoir toujours incliné votre front et humblement tendu la main pour recevoir l'or des tyrans ou de leurs valets. »

Ainsi s'exprimait Pauline, tandis que Casanova, un genou à terre, lui pressait amoureusement les mains en les couvrant de baisers. Toinette assistait au galant entretien et, si elle n'entendait rien aux paroles échangées, elle en comprenait certainement les gestes et les jeux de physionomie. Elle ne laissa pourtant rien paraître de la douleur qui l'étreignait sans doute. Casanova, d'ailleurs, ne s'en souciait guère. Il donnait une confiance désormais sans réserve à la parfaite imbécillité de la fillette.

Ce roué n'entendit pas Madame de Fonscolombe entrer dans le cabinet où se donnait cette scène touchante, et il négligea de se relever.

Mais la vieille dame n'avait pour son hôte que de la bienveillance. En revanche, elle n'aimait pas trouver de la coquetterie dans une fille qui prétendait à la vertu des Lacédémoniennes. Elle n'y voyait pas seulement de l'inconséquence, mais craignait d'y déceler de la fausseté. A nouveau, donc, elle prit le parti du séducteur contre la séductrice : « Monsieur Casanova et les gens de sa sorte n'ont jamais détroussé leurs semblables qu'autour d'une table de jeu, et avec leur agrément, tandis que vos sans-culottes ont fait rendre à leurs ennemis leur âme en même temps que leurs richesses en les poussant sur l'échafaud.

— La justice, Madame, peut en effet se montrer plus cruelle dans ses arrêts que la ruse et la tromperie dans leurs procédés.

— Dieu n'a pas créé le monde pour qu'on y exerce la justice dans le sang, ni les rois pour qu'on les assassine...

— Madame, je suis votre servante ! » l'interrompit Pauline, se levant avec insolence pour la laisser là avec le Vénitien. Mais Madame de Fonscolombe la retint :

« Si vous vous prétendez "incorruptible" à l'exemple de votre détestable héros, Pauline, soyez-le tout à fait ! Commencez donc par couvrir votre gorge et montrez moins de complaisance à faire naître les passions, si votre dessein est de ne pas les assouvir !

— Monsieur Casanova n'est susceptible de passion que pour ma gorge, Madame, et, en l'offrant à son regard je l'assouvis assez. »

Piqué par cette nouvelle insolence, Giacomo affirma que la gorge de la jeune femme l'intéressait moins que les folies dont elle était infatuée, et dont il espérait la guérir à sa façon.

« Quant à moi, repartit vivement Pauline, je n'espère pas guérir votre esprit trop longtemps avili par l'habitude de la soumission. Vous êtes un esclave sous un jabot de dentelle, Monsieur, et vos chaînes sont les fils d'or dont votre habit est brodé.

— Soumis, je le suis en effet, reconnut Giacomo, je resterai jusqu'à mon dernier souffle assujetti à la beauté des femmes et aux plaisirs qu'elles me donnent. Tout comme je confesse mon goût pour l'or, dont vous semblez ignorer que Dieu ne l'a créé que pour être dépensé en habits de brocart, ou bien perdu sur les tables de jeu. Mais je suis plus libre que vous qui vous êtes rendue esclave de cet affreux simulacre de liberté dont votre Robespierre se fit le prophète et qui n'est que le plus horrible des fanatismes.

— Je serais à vous, s'écria Pauline, et je me prêterais à tous vos caprices, si avec la sagesse de l'âge vous venait enfin le discernement qui vous manque. Mais aujourd'hui vous n'êtes à mes yeux qu'une sorte de chimère, composée des pensées d'un jeune étourdi dans la tête d'un patriarche.

— Voilà une bonne idée, intervint alors Madame de Fonscolombe, et, même si excellente que je défends à Pauline de s'en dédire.

— Comment l'entendez-vous donc ? demanda la jeune femme, s'avisant peut-être de l'imprudence de ses paroles.

— J'entends que vous cédiez à la passion de notre ami s'il vous donne assez de preuves qu'il est comme vous l'ami de la liberté, de la Raison et du progrès.

— Il pense déjà l'être, Madame, mais je ne l'en croirai jamais.

— Vous auriez tort, affirma Casanova, de ne pas

mettre en balance vos raisons et les miennes, et de renoncer ainsi à me convaincre de peur que je ne vous amène plutôt à mes propres idées. Aussi bien le pari que nous propose Madame de Fonscolombe n'est-il pas équitable, car il n'envisage pas que je puisse vous faire abandonner vos affreuses convictions. Vous n'espérez pas faire de moi un jacobin ? Soit ! Mais, en revanche, je veux pour le même enjeu tenter de donner à l'intraitable Pauline des pensées plus douces et plus conformes à la nature. »

L'abbé Dubois étant survenu sur ces entrefaites, il fut, à son corps défendant, désigné pour être l'arbitre de cette joute d'esprit. Le duel commencerait à l'instant. La défaite d'un des antagonistes, qu'il fallait toucher en même temps au cœur et à la tête, en marquerait la fin.

Pauline protesta que, si elle devait se donner à son adversaire dans le cas où ce dernier la convaincrait, aussi bien que dans l'éventualité de sa propre victoire, la nature même de l'enjeu assurait à Casanova un triomphe à coup sûr.

« Il se pourrait aussi qu'aucun de vous ne vienne à l'emporter, remarqua la vieille dame, et, ainsi, Pauline ne devrait au chevalier nulle faveur d'aucune sorte.

— Je m'inclinerais alors, dit plaisamment Casanova, devant ce tragique arrêt du destin.

— Ne parlons pas de tragédie, exigea dans un sourire Madame de Fonscolombe, car les temps présents nous offrent trop d'occasions de trembler et de verser des larmes. Je souhaite qu'ici-même, dans ce château qui paraît si éloigné du reste du monde, il ne soit question que de comédie.

— Eh bien, nous allons ensemble vous la donner, promit Giacomo.

— Vous le faites depuis un certain temps déjà », repartit la vieille dame.

Pauline réagit par un léger haut-le-corps à cette dernière réflexion, tandis que l'abbé se signait une nouvelle fois et marmonnait Dieu sait quels effroyables anathèmes.

Il était minuit quand Casanova, au moment de s'endormir, entendit gratter à la porte de sa chambre. Il n'eut pas le temps de se lever ni de changer pour une perruque le bonnet de coton qui lui encapuchonnait le crâne : ainsi caricaturé en barbon, c'est-à-dire en lui-même, le malheureux séducteur vit apparaître Pauline.

La jeune femme tirait après elle Tonka, en chemise et les pieds nus. Pleurant et tremblant, celle-ci fut traînée jusqu'au pied du lit où Pauline la laissa s'effondrer dans un épouvantable redoublement de ses sanglots. Casanova en demeura muet de saisissement, considérant l'horrible scène avec cet effroi qui saisit le condamné à mort quand il découvre l'appareil de son supplice.

« Cette fille est votre servante plutôt que la mienne, dit Pauline d'un ton de parfait mépris : aussi je vous la rends, Monsieur le chevalier, et sachez que, si je vous en ai privé un moment, c'est que j'ignorais qu'elle vous appartenait, et que je ne pouvais même le concevoir. Quant à la convention que nous avons passée devant Madame de Fonscolombe, considérez-la comme nulle et non avenue ! Je ne saurais entrer en compétition dans votre cœur avec cette jeune fille qui vous aime de toute son âme. Je vous la laisse. Continuez à la rendre heureuse, car elle le mérite sûrement ! »

Sur ces mots, Pauline quitta la chambre en refermant vivement la porte sur elle.

Casanova resta une bonne minute à considérer la pauvre Toinette qui, n'osant relever la tête, mouillait de larmes sa propre chemise. Lui-même éprouvait un accablement qui le paralysait.

Voyant que Toinon ne s'apaisait pas, il trouva enfin la force de relever la malheureuse qu'il fit asseoir sur le lit. Il n'eut plus alors que le désir d'atténuer sa souffrance, et Pauline s'éloigna de ses pensées presque aussi brusquement qu'elle était sortie de la chambre.

Ayant enlevé le bandeau qui défigurait la fillette, il couvrit de baisers son visage, et particulièrement cette paupière qui se creusait sous la légère pression de ses lèvres. Tonka entoura le vieil homme de ses bras et se blottit contre lui. Elle pleurait toujours. Il mêla ses propres larmes aux sanglots de la jeune fille et, à défaut de savoir jamais l'aimer, il prit la résolution de prendre soin d'elle aussi longtemps qu'il vivrait.

Tonka retrouva peu à peu son calme et s'endormit dans ses bras. Giacomo se promit de braver sans broncher le mépris dont la cruelle Pauline ne manquerait pas de l'accabler les jours suivants. Il ne ferait même rien pour hâter le départ de Madame de Fonscolombe.

Le lendemain, il trouva cette dernière déjeunant seule dans sa chambre. Il vit sur sa physionomie que Pauline lui avait parlé, mais l'aménité naturelle de la vieille dame corrigeait son air de reproche.

« Vous me faites manquer une partie où je me promettais du divertissement, dit-elle. On me dit qu'en digne émule de Chérubin, vous avez un jour séduit la fille du jardinier, et notre fière Pauline juge que vous avez ainsi dérogé à l'honneur et à votre réputation : elle ne consent plus à croiser le fer avec vous.

— Elle aurait dû ajouter que cette fille, que vous avez aperçue auprès d'elle, est simple d'esprit, qu'il lui manque un œil, qu'elle dort dans la paille et mange parfois son lit.

— Elle l'a dit.

— Et vous voulez bien me parler encore ?

— J'ai le désir de vous comprendre aussi dans ce que vous avez de plus immoral et d'inconséquent.

— Cette pauvre fille, Madame, m'a fait un jour pitié, et la pitié peut quelquefois inspirer du désir, un désir étrange qui naît de la considération du malheur, ou de l'abjection, et parfois même de la laideur, comme on dit que les mouches peuvent naître du fumier. »

Madame de Fonscolombe donna à Pauline son congé pour la journée et fit atteler une voiture afin qu'elle s'éloignât de Dux. La vieille dame voulait ce jour-là épargner à son hôte le désagrément de comparaître devant ce juge ignorant l'indulgence.

« En vous laissant aimer d'une simple fille de ferme, mon cher Casanova, vous ne flattez nullement la passion démocratique de Pauline. Notre petite jacobine vient du peuple, certes, mais elle ne s'en souvient que pour se fournir en arguments contre moi et nos semblables. Son babillage me rappelle à l'humilité qui sied à une personne qui est d'un âge à mourir bientôt. C'est la raison qui fait que je la garde auprès de moi, à la façon dont les moines trappistes se répètent sans cesse leur "*memento mori*".

— L'attrait que Pauline exerce sur moi m'avait fait oublier que je suis vieux, mais j'en conviens avec vous : cette beauté cruelle était plus propre à me montrer ma déchéance. Je n'ai su m'attirer que son mépris.

— Seriez-vous naïf ? Vous l'avez rendue jalouse, au contraire.

— Jalouse d'une simplette ?

— Pour autant que mes mauvais yeux me permettent d'en juger, la fille est jolie, malgré le bandeau qui lui barre le visage. Elle est bien tournée. Le désir que vous avez eu d'elle, quelque étrange qu'il vous paraisse à vous-même, n'est pas né, en tout cas, de sa laideur.

— Ce désir m'est venu à la seule pensée de sa sottise et à l'idée que je pourrais tirer de ses complaisances des voluptés qui m'étaient encore inconnues. Voilà l'ignoble vérité, Madame.

— Lui avez-vous fait du mal ?

— Sans doute, puisque j'ai éveillé en elle un sentiment dont elle souffre aujourd'hui.

— Il vaut peut-être mieux souffrir que de n'avoir pas de sentiment du tout. »

Madame de Fonscolombe fit pendant une heure le plus brillant usage de l'art des sophistes et, mi-riant, mi-protestant, Casanova se laissa finalement convaincre de sa propre innocence.

La vieille dame lui demanda en récompense de lui faire la lecture, après le dîner, de tel morceau de ses Mémoires qu'il lui plairait. Le chevalier de Seingalt répondit que c'était à elle de choisir le lieu, la date et les circonstances de son récit, pourvu que ce ne fût pas l'histoire de son évasion des Plombs. A cela près, il se flattait de répondre aux plus rares curiosités de son écouteuse, car il avait aimé dans tous les âges de sa vie, dans presque tous les pays de l'Europe, et dans toutes les conditions de la société, selon que la fortune lui avait fait rencontrer servantes ou princesses.

« Avez-vous, une fois dans toute votre vie, aimé de vraie passion, Monsieur, et non par jeu et pour la seule vanité ?

— J'ai toujours aimé avec passion.

— Allons ! Le compte de vos aventures tiendrait à peine sur le catalogue que Don Giovanni fit écrire à Leporello.

— *Ma in Ispagna son già mille e tre,* murmura Casanova, avant d'ajouter dans un sourire : ce Don Juan est en amour un ogre auquel je ne tiens nullement à me comparer. Il séduit tout ce qui porte jupe et jupon, viole ce qui lui résiste et assassine ceux qui prétendent le rappeler à la notion de son honneur. Quant au plaisir, celui qu'on donne ou celui qu'on reçoit, cet insensé n'en a pas même la notion, trop occupé qu'il est à trouver le plus court chemin qui mène à l'enfer. Don Giovanni est un libertin soucieux seulement de braver la colère divine dont il a la crainte. C'est un fanatique à la manière de ces affreux mystiques qui cherchent leur salut dans la souffrance. L'amour n'a jamais été pour lui qu'une torture qu'on inflige ou qu'on subit.

— Mais, vous-même, ne craignez-vous jamais Dieu ?

— Je préfère L'aimer dans l'idée que j'ai de Sa perfection, et dans les créatures qu'Il m'a fait rencontrer pour mon bonheur ou mon malheur.

— Eh bien, Monsieur, ne se peut-il qu'une de ces créatures vous ait donné un jour plus de bonheur ou, au contraire, plus de motifs de chagrin que toutes les autres ?

— J'ai eu jadis l'infortune de rencontrer à Londres la personne la plus corrompue et la plus dépravée que la terre ait jamais portée. J'ai consigné ses crimes dans un chapitre de mes Mémoires que je vous donnerai à lire si vous le souhaitez. Mais épargnez-moi de vous en faire le récit, car je ne pourrais aujourd'hui encore évoquer cette infâme créature sans éprouver un dépit et une souffrance aussi vifs qu'au premier jour ! »

Bien que sa curiosité fût fort piquée, Madame de Fonscolombe ne prétendit pas la satisfaire. Nous aimons mieux évoquer nos bonheurs passés que faire renaître nos chagrins, et la nostalgie même est un sentiment composé de plus de plaisir que de souffrance. Ainsi la vieille dame ne voulut recueillir de son hôte que son souvenir le plus heureux. Il lui en promit le récit pour l'après-dîner.

« J'avais alors vingt-quatre ans et je me trouvais à Césène. Cette ville est à deux journées de poste de Venise que je venais de quitter à cause d'une fâcheuse affaire que j'y avais eue. Je me rendais à Naples où je comptais revoir une certaine demoiselle que j'avais naguère aimée. Je voyageais comme à mon ordinaire, m'arrêtant ici ou là, un joli chignon, une agréable tournure étant la cause qui me faisait d'habitude m'établir en un lieu, pour bientôt après m'en éloigner.

« J'allais quitter cette petite ville où j'avais passé quelques jours, pensant avoir goûté à tout le peu qu'on y pouvait trouver en fait d'intrigues et de divertissements. Je n'avais qu'un léger bagage, ayant dû, comme j'ai dit, prendre la route sans emporter mon passé dans de grandes malles. Au moment de quitter ma chambre à l'auberge, j'entends un tapage épouvantable qu'on fait presque à ma porte.

« Je sors pour voir ce que c'est. Je vois une bande de sbires à la porte d'entrée, et dans un lit un homme de bonne mine, sur son séant, qui s'égosillait à crier en latin contre cette canaille, vraie plaie de l'Italie, et contre l'hôte, présent, et qui avait eu la scélératesse de leur ouvrir la porte.

« Je demande à l'hôte de quoi il s'agissait : "Ce monsieur, me répond le drôle, est un officier hongrois qui apparemment ne parle que latin. Il est couché avec une fille, et les archers de l'évêque sont venus pour savoir si c'est sa femme : c'est tout simple. Si elle l'est, il n'a qu'à les en convaincre par quelque certificat, et tout sera dit, mais si elle ne l'est pas, il faut bien qu'il se contente d'aller en prison avec la fille."

— Cette ville de Césène dont vous parlez appartient sans doute au pape, car il n'y a qu'en ses Etats que se voit une telle folie que de jeter en prison un homme et une femme dont le seul crime est de coucher ensemble en n'étant point mariés.

— Césène est en effet au pape, et deux personnes ne peuvent y coucher dans le même lit que si elles sont ou mariées ou du même sexe. L'amour n'y est permis qu'entre époux ou entre les prêtres eux-mêmes et leurs gitons.

— L'exagération de la vertu s'oppose à la nature elle-même, et favorise les plus grandes dépravations, commenta Madame de Fonscolombe. Mais voyons si votre officier hongrois était couché avec une fille, ou si c'était avec un jeune abbé qu'il avait échangé des caresses en latin et des voluptés apostoliques.

— Ni l'un ni l'autre, répondit en riant Giacomo : le compagnon de ce latiniste était officier lui-même, ou se faisait passer pour tel, car on ne l'avait vu qu'habillé d'un uniforme et traînant après soi un sabre qui lui battait les talons.

— L'amour antiphysique est-il moins canonique entre des militaires qu'entre les serviteurs de l'Eglise ?

— Certes, non ! On soupçonnait plutôt notre officier hongrois de ne pas contrevenir aux lois de la nature et de cacher, tantôt sous un habit de capitaine et tantôt sous les draps de son lit, non point un éphèbe mais une jolie fille.

— Et qu'en était-il ? Pour que la comédie vous ait plu, il y fallait sans doute une femme dans le rôle principal.

— Elle s'y trouvait assurément, et, sans l'avoir vue, je l'imaginais délicieuse et brûlais d'impatience de voir sa figure. Mais il me fallait d'abord chasser les archers et l'aubergiste. Cette racaille quitta la chambre en échange de huit sequins et de ma promesse de faire châtier leur insolence par l'évêque.

— Vous le connaissiez donc ?

— Je ne lui avais pas été présenté, mais, dans la nécessité où je me trouvais, je me déterminai à me présenter moi-même dans l'heure.

— Vous voilà donc face à ce prélat qui ne vous connaissait pas, mais qui, désormais, vous connaîtra.

— Il me renvoie au général Spada que je n'avais jamais vu non plus, mais qui, par chance, connaissait mon officier hongrois.

— Celui qui était assis sur le drap et parlait latin, ou celui qui était caché dessous et ne parle pour le moment aucune langue ?

— Le premier, pour lequel il montra un intérêt tout martial, me promettant que ce capitaine, qui venait de recevoir un sanglant affront, obtiendrait une satisfaction éclatante et la somme d'argent qu'il voudrait exiger en dédommagement.

— Mais, mon cher Casanova, nous n'avons toujours pas vu l'autre officier que vous faites languir dans le lit où vous le tenez dissimulé.

— Le voici, madame : il ne me faut, pour vous le montrer, que le temps de retourner à l'auberge où mes deux militaires, le vrai et le faux, n'ont pas été beaucoup plus d'une heure à m'attendre. J'entre donc, et je rends compte au latiniste de tout ce que j'ai fait. Il me remercie affectueusement.

"De quel pays, lui dis-je, est votre compagnon de voyage ?

— Il est français, et ne parle que sa langue.

— Vous parlez donc français ?

— Pas un mot.

— C'est plaisant ! Vous jouez donc la pantomime ?

— Absolument !

— Je vous plains, car c'est un langage difficile.

— Oui, pour les nuances de la pensée. Mais pour le matériel, nous nous comprenons parfaitement.

— Puis-je vous demander de déjeuner avec vous ?

— Demandez-lui si cela lui fera plaisir.

— Aimable compagnon du capitaine, dis-je en français, voulez-vous bien m'admettre en tiers à votre déjeuner ?"

« Aussitôt, je vois sortir de dessous la couverture une tête ravissante, échevelée, fraîche, riante, et qui, malgré un bonnet d'homme, me décèle un sexe sans lequel l'homme serait sur la terre l'animal le plus malheureux.

« Pour s'apercevoir d'abord que le compagnon du capitaine n'était pas un homme, il n'y avait qu'à voir ses hanches. Mais une jolie femme qui se travestit ne se pique pas de nous ressembler, sachant que l'habit d'homme ne fait d'ordinaire que rehausser les perfections des formes féminines et séduit le regard à la façon dont un habile paradoxe surprend l'esprit, et ne donne à une vérité l'apparence du faux que pour la faire mieux voir.

« Le Hongrois se rendait à Parme pour remettre au premier ministre de l'infant duc de Parme des dépêches que lui avait confiées le cardinal Albani. Voyant la jolie Française dans son uniforme de fantaisie, j'abandonnai Naples dans l'instant et me décidai pour Parme. J'étais déjà captif de sa beauté. Le Hongrois frisait la soixantaine, et je trouvai naturellement cette union très mal assortie. Je me mis en tête que l'affaire que je méditais pourrait s'arranger à l'amiable, car je voyais que mon officier était un homme du bon ton qui, traitant l'amour comme une affaire de pure fantaisie, saurait se prêter de bonne grâce aux compositions que le hasard présente.

« J'achète aussitôt une voiture et j'invite le capitaine et sa belle aventurière à m'accorder l'honneur de m'accompagner à Parme.

“N'étiez-vous pas en route pour Naples ? me demanda, surpris, l'officier hongrois.

— J'ai changé d'idée, et je vais à Parme.”

« Nous convînmes de partir le lendemain après dîner, et nous soupâmes ensemble. Toute la conversation ne fut qu'un dialogue que j'eus avec celui des militaires qui parlait français et qui s'appelait Henriette. Trouvant cette jeune femme de plus en plus ravissante, et ne pouvant cependant voir en elle qu'une beauté mercenaire, j'étais tout étonné de lui découvrir ces sentiments nobles et délicats qui ne peuvent être que le fruit d'une bonne éducation. Qui est donc cette fille, me demandais-je, qui mêle des sentiments élevés à l'apparence d'un libertinage cynique ?

« La voiture n'était qu'à deux places avec un strapontin. L'honnête capitaine hongrois voulait que je me misse près d'Henriette dans le fond, mais j'insistai pour me placer sur le strapontin, à la fois pour la politesse et pour me mettre à même d'avoir sous mes regards l'objet charmant que déjà j'adorais. »

Madame de Fonscolombe écoutait Casanova d'un air pénétré. Elle ne faisait plus de questions, et se laissa mener jusqu'à Parme par le récit que Giacomo conduisait à grandes rênes. Celui-ci exposa comment le Hongrois avait remarqué Henriette dans une auberge de Civita Vecchia, où elle se trouvait déjà en habit militaire et partageant la chambre d'un homme d'âge mûr. Il lui avait proposé, pour dix sequins, de changer de compagnon de lit, et elle s'était donnée à lui, tout en refusant ces dix pièces d'or, montrant déjà la curieuse alliance en elle du libertinage le plus éhonté avec une espèce d'honnêteté. Elle voulut bien prendre la route de Parme avec le capitaine, admettant qu'elle n'avait pas plus de raisons de ne pas se rendre là-bas que de n'aller nulle part. Elle fit pourtant promettre au Hongrois de la quitter à Parme sans plus chercher à la revoir, montrant qu'elle était dans l'humeur de changer de compagnie presque aussi souvent que de voiture et d'attelage. Et c'est ce qui arriva encore plus tôt qu'elle n'avait dit, puisque, avant d'arriver à Reggio, il fut convenu que l'officier hongrois finirait seul le voyage, dans une voiture de poste : le soir même, Henriette fut au comte Farussi, qui était le nom sous lequel Giacomo se présentait depuis qu'il avait quitté Venise.

« En arrivant à Parme, je continuai à me donner le nom de Farussi : c'était le nom de famille de ma mère, et Henriette se faisait appeler Anne d'Arci.

« Parme venait alors de passer sous la férule d'un nouveau gouvernement, le duché étant échu à l'infant don Philippe, qui était marié à Madame de France, fille aînée du roi Louis XV. Une cour nombreuse et brillante, composée tant d'Espagnols que de Français, avait suivi les deux jeunes souverains et faisait qu'on n'entendait plus à Parme que de l'espagnol ou du français, et qu'on ne se fût point cru dans une ville d'Italie.

« Cette nouveauté n'était pas du goût des Italiens qui avaient à subir ces étrangers dont les mœurs faisaient à leurs yeux un mauvais mélange de liberté française et de gêne espagnole. Mon Henriette n'aimait pas non plus qu'il y eût tant de Français dans les rues de Parme, craignant de rencontrer quelqu'un de sa connaissance et avouant par là qu'elle n'était point libre et que le hasard pouvait nous mettre vis-à-vis d'un mari ou d'un amant dont le personnage n'aurait guère trouvé sa place dans notre roman.

« J'enlevai un peu au mystère de ma délicieuse intrigante en faisant quérir une couturière qui la fournit en chemises, bas, jupons, et lui fit quatre robes. Ayant perdu ainsi de son charme paradoxal, ma tendre amie n'en resta pas moins belle et acheva de conquérir mon cœur tout en comblant, à chaque instant du jour et de la nuit, mes yeux ou mes autres sens.

« Mais Henriette s'obstinait à ne rien me révéler d'elle-même et des raisons qui l'avaient jetée sur les routes en habit d'officier, livrée sans autre ressource que sa beauté aux hasards des rencontres qu'on fait dans les auberges et sur les chemins.

“Je suis sûre qu'on me cherche, finit-elle par admettre toutefois, et je sais que l'on aura facilement le moyen de m'avoir si l'on vient à me découvrir. Hélas ! si l'on m'arrache de tes bras, je sens quel sera mon malheur.

— Tu me fais trembler. Peux-tu craindre ce malheur ici ?

— Non, à moins que je ne sois vue par quelqu'un ici qui me connaisse.

— Est-il vraisemblable que ce quelqu'un soit à Parme ?

— Cela me paraît difficile.”

« Je fis en sorte d'avoir bientôt la liste de tous les Français qui étaient à Parme. Henriette n'y lut aucun nom qui lui fût connu, et nous fûmes rassurés. Comme elle m'avait dit que sa passion dominante était celle de la musique, je pris une loge à l'Opéra, veillant toutefois à ce qu'elle ne fût pas trop exposée. Mais, le théâtre étant petit, il était difficile qu'une jolie femme y restât inaperçue.

« Le bonheur dont je jouissais était-il donc trop parfait pour être durable ? Mais n'anticipons pas sur les événements. Ceux qui croient qu'une femme ne suffit pas pour rendre un homme heureux pendant toutes les vingt-quatre heures du jour, n'ont jamais possédé une Henriette. Le bonheur qui me remplissait, si je puis m'exprimer ainsi, était bien plus parfait quand je m'entretenais avec elle que lorsque je la tenais entre mes bras. Elle avait beaucoup lu, elle avait beaucoup de tact et de goût naturel, son jugement était sûr, et, sans être savante, elle raisonnait comme un géomètre, avec abandon, sans prétention. Et partout elle mêlait cette grâce naturelle qui donne du charme à tout. Comme elle n'avait aucune prétention à l'esprit, quand elle disait quelque chose d'important, elle l'accompagnait d'un sourire qui lui donnait le vernis de la frivolité, en le mettant à la portée de tout le monde. »

Madame de Fonscolombe intervint à ce moment du récit, disant sur un ton d'émotion et de tristesse : « Il faut, mon cher Casanova, que cette malheureuse Henriette vous ait été arrachée ainsi qu'elle paraissait le craindre. Il faut que votre rival ait été un mari sans humanité, ou un père tyrannique, ou la mort elle-même, car je ne doute pas que, autrement, un amour aussi grand que le vôtre n'eût subsisté jusqu'à aujourd'hui, offrant à chaque âge de votre vie de nouveaux enchantements, tout comme le printemps fait éclore chaque année de nouvelles fleurs.

— Un bonheur qui durerait ainsi toute la vie pourrait en effet être comparé à un bouquet composé de mille fleurs dont le mélange serait si beau et si bien assorti, qu'on le prendrait pour une seule fleur. Mais une si parfaite félicité n'est sans doute pas faite pour durer, et le temps de mon union avec Henriette, Madame, n'excéda pas trois mois.

« Sans doute étions-nous trop heureux, nous aimant de toute la force de nos facultés, nous suffisant parfaitement l'un à l'autre, vivant entièrement l'un dans l'autre. Henriette me répétait souvent ces jolis vers du bon La Fontaine :

Soyez-vous l'un à l'autre un monde toujours beau,
Toujours divers, toujours nouveau.
Tenez-vous lieu de tout, comptez pour rien le reste. »

A ces derniers mots, des larmes vinrent aux yeux de Madame de Fonscolombe, et Casanova, voyant sa propre émotion ainsi redoublée comme dans un miroir, sentit sa voix se briser et détourna le visage pour cacher des pleurs qu'il ne pouvait plus retenir. Les deux amis restèrent silencieux, perdus chacun dans le regret de la tendre Henriette : Madame de Fonscolombe, pour n'avoir sans doute jamais connu un pareil bonheur, Casanova, pour l'avoir connu et s'en souvenir trop bien.

Dans un mouvement soudain, la vieille dame saisit la main de Giacomo et la pressa dans les siennes. Ils restèrent ainsi un long moment, graves, pénétrés l'un de l'autre, se considérant mutuellement à travers leurs larmes, la gorge nouée au point de ne pouvoir exprimer que par des soupirs répétés l'émotion qui les étreignait. Les deux vieillards ne se connaissaient que depuis quelques jours, mais ils étaient devenus amis à jamais dans la nostalgie de cette passion merveilleuse qui avait jadis uni Giacomo et Henriette.

« Mais voici le commencement du dernier acte ! reprit Casanova. Voici comment je touchai au terme d'un bonheur trop parfait ! Malheureux ! Qu'avais-je eu besoin de rester si longtemps à Parme ? Quel aveuglement ! De toutes les villes du monde, excepté la France, Parme était la seule que je dusse craindre, et c'est là que j'avais mené Henriette, quand je pouvais la mener partout ailleurs, car elle n'avait de volonté que la mienne ! Et j'étais d'autant plus coupable qu'elle ne m'avait jamais caché ses craintes !

— Hélas, soupira Madame de Fonscolombe, je ne devine que trop bien l'épilogue de votre histoire ! Il aura suffi que l'un de ces Français alors en si grand nombre à Parme reconnût votre Henriette. Je devine aussi qu'elle n'était pas une de ces beautés qui vendent leurs complaisances au plus offrant. La licence de ses mœurs n'était pas la marque du libertinage, mais celle d'une liberté plus profonde et plus noble qu'on ne rencontre pas souvent chez les femmes, ordinairement esclaves d'un mari, d'un père, ou de leurs propres préjugés. Il fallait sans doute que votre Henriette eût rencontré des circonstances bien difficiles pour s'obliger ainsi à ne plus compter que sur les seules ressources de son caractère et ne point tout à fait se perdre par celles, si dangereuses, que lui donnait sa beauté.

— Henriette, en effet, fut reconnue. Un certain Monsieur d'Antoine, qu'elle ne se souvenait pas d'avoir jamais rencontré, mais qui paraissait en revanche savoir tout ce qui la concernait, se présenta un jour à moi, me priant de lui remettre une lettre. Ce fut la fin de notre bonheur. Ma tendre amie me supplia de ne pas lui faire de questions sur ce que contenait cette lettre, m'assurant seulement que l'honneur de deux familles était en jeu et que nous devions nous séparer.

"Ah ! Fuyons plutôt ! Partons dès ce soir, m'écriai-je.

— Nous ferions mal, car Monsieur d'Antoine se déterminerait sans doute à donner à ma famille une preuve de son zèle en faisant des perquisitions pour nous découvrir, et m'exposer alors à des violences que tu ne souffrirais pas."

« Il fallut donc qu'Henriette s'entretînt avec le funeste Monsieur d'Antoine. Leur conférence dura six heures, et notre séparation y fut arrêtée. Henriette vint me le dire dès que d'Antoine fut parti et nous confondîmes longtemps nos larmes dans un morne silence.

"Quand faudra-t-il que je me sépare de toi, femme trop chérie ?

— Dès que nous serons à Genève où il a été convenu que tu viendrais me conduire."

« Nous partîmes de Parme à l'entrée de la nuit. Le cinquième jour nous arrivâmes à Genève, ayant passé le mont Cenis par un fort grand froid dont nous n'eûmes pas l'heur de mourir. Nous descendîmes à l'hôtel des Balances où, le jour suivant, le banquier Tronchin vint en personne remettre mille louis sur une lettre qu'Henriette lui avait fait présenter. Il lui procura aussi une voiture qui devait être prête le lendemain. Ce fut un moment terrible !

« Pendant ces dernières vingt-quatre heures, nous

ne nous trouvâmes riches d'autre éloquence que de celle de nos larmes et de nos soupirs. Henriette ne chercha point à me flatter de quelque espoir pour adoucir ma peine, au contraire :

"Une fois que la nécessité nous force à nous quitter, me dit-elle, mon unique ami, ne t'informe jamais de moi, et si par hasard tu viens à me rencontrer, fais semblant de ne pas me connaître."

« Elle me pria aussi de ne partir de Genève qu'après que j'aurais reçu une lettre qu'elle m'écrirait du premier endroit où elle s'arrêterait pour changer de chevaux. Elle partit à la pointe du jour. Je la suivis des yeux aussi longtemps que je pus apercevoir la voiture.

« Ce ne fut que le lendemain que le postillon revint. Il avait été jusqu'à Châtillon. Il me remit une lettre dans laquelle je ne trouvai que le triste mot *Adieu !* Cet homme me dit qu'ils étaient arrivés à Châtillon sans aucun incident, et que Madame avait de suite pris la route de Lyon. Ne pouvant partir de Genève que le lendemain, je passai seul dans ma chambre une des plus tristes journées de ma vie. Je vis sur une des vitres ces mots qu'elle y avait tracés avec la pointe d'un diamant dont je lui avais fait présent :

Tu oublieras aussi Henriette.

« Ah, non, je ne l'ai pas oubliée ! Quand je pense que dans mes vieux jours je ne suis heureux que par le souvenir, je trouve que ma longue vie doit avoir été plus heureuse que malheureuse, et le souvenir d'Henriette est encore un véritable baume pour mon cœur. »

Casanova se tut et demeura songeur, comme si, mal réveillé, il était resté malgré lui en proie au rêve qu'il venait de faire. Madame de Fonscolombe semblait plongée, elle aussi, dans le ravissement du songe délicieux où le récit de Casanova l'avait fait entrer aussi parfaitement que s'il avait été composé de ses propres souvenirs. Puis elle fit cette question :

« N'avez-vous jamais appris qui était en vérité votre Henriette ?

— Je n'ai même jamais su son nom. "Ne t'informe pas de moi, m'avait-elle demandé, et si le hasard te fait parvenir à savoir qui je suis, ignore-le toujours."

— N'est-ce pas une bien singulière exigence, venant d'une femme qui aime ? demanda la vieille dame.

— Henriette a voulu n'être qu'une sorte de songe que j'ai fait dans ma jeunesse, mais qui n'a plus cessé ensuite de me hanter. Elle aurait été moins parfaite d'avoir un nom, un mari, sans doute des enfants. Son image se serait peu à peu fanée dans ma mémoire, comme les années l'auront rendue dissemblable d'elle-même.

— Ah, vous l'avez bien comprise ! » dit Madame de Fonscolombe, d'un ton tout pénétré.

Casanova et son amie s'avisèrent que l'après-midi venait de passer. Le soleil bas se reflétait, comme dans une eau dormante, sur la laque rouge et sur la laque noire des commodes chinoises. Puis on entendit le roulement d'un attelage dans la cour d'honneur. C'était la petite jacobine, rentrant de la promenade qu'elle avait faite aux frais de Madame de Fonscolombe. Les deux vieux écoutèrent le gravier crisser sous les roues de la voiture. Puis, Casanova dit : « Cette jeune femme me fait ressouvenir que je suis un barbon.

— Pour Henriette, vous ne sauriez pas plus l'être qu'elle n'a elle-même pu dépérir dans votre âme. Et, l'âge étant venu, non peut-être dans son cœur, mais au moins sur son visage, si elle ne se sentait plus aujourd'hui capable de faire renaître votre passion d'autrefois, soyez certain qu'elle voudrait pourtant que vous aimiez encore, et que c'est avec un bonheur sans mélange qu'elle vous verrait heureux une dernière fois, avec une autre, mais aussi cher à son cœur, aussi séduisant à ses yeux que lorsque vous n'aviez que vingt-quatre ans. »

Monsieur Rosier dressa la table et servit le souper sur la terrasse qui regardait le jardin. Après que le soleil eut jeté ses derniers feux derrière les collines fermant le parc, le doux crépuscule de juin noya lentement dans l'ombre le château et la cime des arbres.

Madame de Fonscolombe aimait ce moment et dit que c'est à la tombée du jour que les aveugles voient d'habitude ce qui échappe aux yeux des autres gens. Affectant de passer à autre chose, elle convia alors Pauline à raconter la promenade qu'elle avait faite.

La jeune femme n'était pas disposée à décrire par le détail les beautés des montagnes de Bohême ni à parler du naturel de leurs rustiques habitants, lesquels l'intéressaient aussi peu que des sauvages patagons, sauf quand le célèbre Casanova venait à trousser une paysanne du lieu.

Or Madame de Fonscolombe avait bien deviné l'orgueilleuse robespierriste : sous son air de réprobation, celle-ci cachait le dépit ressenti à la révélation des amours de Giacomo et de Tonka. Le récit qu'elle fit de sa promenade fut écourté par l'ouverture du procès qu'elle instruisait depuis vingt-quatre heures. Madame de Fonscolombe ne songea pas à faire cesser une philippique où elle trouvait du divertissement. Quant à Casanova, dont la petite révolutionnaire méprisait l'amour mais réclamait la tête devant le tribunal de l'éternelle vanité féminine, il prit aussi le parti d'écouter avec amusement et de se taire.

A intervalles de plus en plus courts, des éclairs illuminaient le ciel encore pur. Monsieur Rosier apporta des citronnades et, ayant fini de servir, s'assit sans façon entre la vieille dame et l'abbé Dubois, cependant que Pauline continuait de requérir contre Casanova. Celui-ci s'était installé un peu à l'écart des autres, ainsi qu'il sied à un accusé.

« Vous n'avez jamais aimé, affirmait la jeune fille. Vous étiez trop occupé à séduire pour savoir même qui vous séduisiez. Tout objet vous était bon. Ainsi, aucun ne vous fut précieux. Vous n'avez pas même été capable de désirer vraiment, car on vous doit cette justice que la concupiscence vous dominait moins qu'une immense et ridicule prétention. Vous n'avez guère su conquérir que des coquettes, en ne montrant d'autre mérite que de leur ressembler extrêmement et de flatter alors leur propre néant.

« Ainsi vous avez moins de réalité que les personnages de ces farces italiennes qui furent autrefois au goût du jour, mais dont la mode est désormais passée. Vous cherchez auprès des femmes un peu de cette consistance qui vous manque, un peu de cette vérité qui vous fuit perpétuellement, mais la vérité, justement, ne veut pas de vous qui êtes une espèce de mensonge vivant. Qu'avez-vous cherché, pendant de si longues années, sur les routes d'Europe ? Qu'est-ce qui se dérobait ainsi devant vos pas ? Vous n'avez jamais eu d'amour que pour vous-même ni d'autre compagne que votre ombre. Votre vie n'aura été qu'une sorte de fable que vous vous racontiez comme à un enfant : mais y avez-vous jamais cru, Monsieur Casanova ? »

Giacomo ne trouva de meilleure réponse que de se lever et, s'inclinant dans une impulsion qui pouvait passer pour un mouvement de simple courtoisie, il baisa la main de Madame de Fonscolombe. Celle-ci fut la seule à éprouver toute la tendresse de ce baiser qui était pour Henriette, mais dont elle voulut bien se faire la dépositaire. Elle sourit à Casanova dont le visage devint pour elle seule, dans l'obscurité, celui d'un bel et doux amant de vingt-quatre ans. Tandis que le chevalier se rasseyait, elle lui adressa ces mots :

« Je sais que vous êtes capable du plus grand amour, cher Monsieur de Seingalt, et notre Pauline ne devrait pas l'ignorer, car votre séduction vous vient de l'ardeur dont on vous sent animé. Il faut qu'une femme soit entièrement dépourvue d'âme pour ne point la voir et n'y être pas sensible. »

Pauline, en tout cas, ne pouvait rester insensible à ces paroles de provocation, et c'est en contenant à peine sa colère qu'elle répondit à sa maîtresse : « Toute la séduction de Monsieur Casanova lui vient plutôt de sa réputation, à ce qu'il me semble, et cette réputation est pareille à celle des monuments que nous a laissés l'Antiquité, comme le Colisée à Rome. Monsieur Casanova, de la sorte, n'est pas un homme qu'on peut aimer, mais un lieu fameux que l'on visite.

— Votre dépit vous égare, repartit aussitôt Madame de Fonscolombe. Montrez un peu moins de flamme à nous prouver que notre cher hôte ne vous est rien, ma fille, ou bien l'on ne vous en croira guère. Le chevalier pourra se flatter de vous avoir séduite, si vous déployez tant d'éloquence à vous en défendre. Cessez donc ce procès injuste et inutile !

— Je vous prie de me pardonner, Madame. Et vous aussi, Monsieur Casanova. Il ne saurait y avoir de procès, puisqu'il n'y a point de cause, et j'admets n'avoir ici parlé que pour le vain plaisir de blesser notre hôte, n'ayant pas trouvé avec lui de meilleur sujet de conversation. »

Cette nouvelle impertinence acheva de fâcher Madame de Fonscolombe : « Dites plutôt que Monsieur de Seingalt n'a pas su vous flatter autant que vous l'exigiez. Mais cela, sans doute, ne se pouvait concevoir. Vous avez voulu exciter sa jalousie en vous donnant presque sous ses yeux au capitaine de Droghi ! Fort bien ! Mais souffrez qu'il vous ait payée de retour, et avec les intérêts, en offrant votre amant du jour et en s'offrant lui-même aux voluptés que promettait sa belle magicienne ! Or là n'est pas le pire, car ce que vous ne sauriez admettre, c'est que l'homme qui vous intéresse, et que vous craignez peut-être de ne pas assez intéresser, ait pu un jour se commettre avec la trop simple et trop modeste fille d'un jardinier. Voilà qui est intolérable, n'est-ce pas ? Voilà ce qui ne saurait trouver grâce aux yeux d'une véritable amie du peuple !

— Mais oui, Madame, s'écria Pauline, le crime est là ! Et le séducteur est infâme surtout d'avoir abusé de la simplicité de cette pauvre fille. Il n'a pas même eu à l'acheter, car la dentelle de ses chemises et l'or dont son habit est tout chamarré suffisaient à payer en fausse monnaie cette innocente. »

Casanova intervint alors, jugeant que l'accusé devait, à ce moment du procès, assurer lui-même sa défense : la plus sensible et la plus dévouée des avocates ne pouvait pénétrer de plain-pied dans sa conscience. Dieu même, qui pèse les âmes et sonde les cœurs, néglige parfois de visiter les recoins secrets de notre esprit qui se dérobent d'habitude à notre connaissance comme ils échappent à Sa clairvoyance. Les pensées qui se trament et les actes qui se fomentent dans ces lieux dérobés excèdent sans doute la notion possible du bien et du mal, et notre Créateur Lui-même, alors, ne saurait les juger vraiment.

« Je suis fils d'un danseur et d'une comédienne, petit-fils d'un savetier, et pourtant j'ai parlé jadis à la grande impératrice Catherine et au roi Frédéric. J'ai débattu avec Monsieur de Voltaire de plusieurs points subtils de philosophie. J'ai été l'ami du cardinal-ministre de Bernis, et le duc de Choiseul m'a protégé. J'ai beaucoup voyagé, mais c'est dans l'âme de mes semblables que j'ai découvert les paysages les plus étonnants, et je n'ai pas eu besoin du navire de Monsieur de Bougainville pour accomplir ce tour du monde. Il m'a suffi d'ouvrir les yeux et d'écouter. J'ai tout connu, ou peu s'en faut, de ce qui fait la nature humaine. J'en ai exploré les régions les plus luxuriantes et les endroits les plus désolés. J'ai vu dans mes semblables le plus bas comme le plus sublime, parfois opposés l'un à l'autre, parfois mélangés dans d'étranges et séduisantes combinaisons. Je suis moi-même composé de l'un et de l'autre en proportions sans doute égales. Je ne prétends nullement à cette vertu sans tache qui seule vous semble digne d'admiration, mais dont l'exercice n'est sans doute qu'un horrible fanatisme...

— Eh bien, Monsieur, l'interrompit sèchement Pauline, quand vous m'aurez montré par de brillants sophismes que vos vices mêmes vous mettent à l'abri de mes reproches, pourrai-je vous en estimer davantage, et devrai-je échanger mes principes contre votre mauvais vin libertin généreusement baptisé de l'eau de votre rhétorique ?

— Gardez tous vos principes, Pauline ! Demeurez ce que vous êtes ! Je ne vous demande rien, si ce n'est d'écouter parfois les autres humains et de consentir qu'ils ne vous ressemblent pas toujours.

— Voilà qui doit être difficile, intervint plaisamment Madame de Fonscolombe, pour une tête révolutionnaire, plus habituée à exiger des autres citoyens leur propre tête qu'à écouter de longs discours.

— Je parle beaucoup, admit en souriant Casanova. Je veux bien n'être qu'un phraseur et j'avoue avoir payé mon prochain de mots plus souvent que de bon argent. Dans le monde de marchands et de banquiers où nous conduira un jour votre démocratie, ma chère Pauline, cette monnaie de mots inutiles ne vaudra rien. Les charmes de la conversation seront bannis de votre république de boutiquiers où l'on regardera sa montre plus souvent que le ciel. J'espère que ce monde-là sera prospère et sans iniquité, que la plus exacte justice y sera toujours à l'œuvre, car vous en aurez chassé toute noblesse et toute générosité. Il n'y faudra point de pauvres et de malheureux, car vous en aurez banni aussi le sentiment naturel de charité, et les pauvres n'éveilleront plus la pitié, mais seulement le dégoût.

— On n'y trouvera ni richesse scandaleuse, ni excessive pauvreté, affirma gravement la petite jacobine. Ainsi, je vous l'accorde, l'indigne sentiment de charité dont vous parlez aura disparu des consciences. Et votre prétendue noblesse, ce masque grimaçant que les ci-devant privilégiés portaient à la Cour et dans les salons comme à un carnaval, la loi républicaine en aura démontré la scandaleuse inutilité.

— Je me rends, admit Giacomo avec tristesse. Le monde que vous nous promettez n'est pas fait pour moi et, en vous écoutant, je me console de vivre mes derniers jours. Mais vous me ferez d'autant moins regretter d'avoir volé au destin un moment de plaisir dans les bras de Toinette.

« Oui, Pauline, j'ai aimé dans tous les rangs de la société, du plus noble au plus bas, car je suis moi-même un mélange de toutes les conditions qui composent la communauté des humains. Je ressemble extrêmement au temps où j'ai vécu. Mais, là où j'ai connu bonheur et liberté, vous ne voulez voir qu'injustice et désordre.

— Le désordre a été votre unique industrie, Monsieur. Vous en avez tiré de grands bénéfices et je ne m'étonne pas que vous y ayez trouvé bonheur et liberté.

— Le désordre, reprit Casanova, le goût du luxe,

la rage du jeu, la recherche constante du plaisir, furent comme le parfum de ce siècle, et c'était une odeur de printemps. Ce monde que vous décriez tant n'avait de défaut, en vérité, que ceux de l'adolescence. Notre siècle aura été le fils prodigue de la civilisation. Vous l'avez condamné pour ses fautes, qui furent des peccadilles et des farces d'écoliers plus souvent que des crimes. Soit ! Vous prétendez amener partout le règne de la Justice et de la Loi ? Je ne saurais qu'applaudir à cette œuvre magnifique si je la croyais possible sur terre. Mais je pense qu'il appartient à Dieu seul d'être parfait. Nous ne sommes que la plus noble de Ses créatures et notre noblesse, précisément, n'est que de nous savoir imparfaits, de ne jamais oublier notre faiblesse.

« A quoi ressemble cette liberté que vous prétendez instaurer partout ? Au pire, comme on a vu, à la guillotine ! Au mieux, ainsi qu'on le verra peut-être, à un labyrinthe de lois qui s'étendra partout sur terre, formidable dédale d'où rien ni personne ne pourra plus s'échapper et au cœur duquel Dieu sait quel terrible Minotaure se tiendra prêt à fondre sur l'espèce humaine, à moins qu'il ne prenne plaisir à nous dévorer lentement au fil des siècles. »

Il ne fut plus question de Toinette, pauvre grain de poussière flottant au hasard parmi ses millions de semblables, les humains, dans le chatoiement des arguments et des raisons opposant les deux rhéteurs. Ce duel étonnant ressemblait à la lutte amoureuse, mais les coups portés et les blessures reçues y donnaient sans doute des voluptés plus rudes et plus intenses. Vers minuit, Monsieur Rosier et l'abbé Dubois regagnèrent le château, emmenant Madame de Fonscolombe qui espérait que, à cette heure et par une si douce nuit, la controverse en cours prendrait progressivement un tour moins philosophique. Mais Pauline prévint cette issue, se levant à son tour et quittant là son contradicteur.

Casanova demeura seul sur la terrasse, habité d'une grande mélancolie. Il resta plus d'une heure dans un état de complète inertie de toutes ses facultés. Puis il se leva dans un effort et gravit lentement les degrés du grand escalier à double volée. Dans sa niche de rocaille que la lune éclairait, le vieux Saturne de pierre cherchait cette nuit encore à s'emparer de la tendre beauté fugitive figurant la jeunesse. Casanova s'arrêta à mi-hauteur des marches pour considérer les deux personnages dont on aurait pu croire, dans la pénombre, qu'ils s'étreignaient avec passion. Il songea que le désir est la marque éternelle de notre faiblesse et de notre imperfection, et que la possession même de l'objet aimé ne fait que confirmer notre dépendance, mais il s'avisa aussi que l'attraction irrésistible qui nous porte vers l'autre sexe est la plus constante et pour ainsi dire la seule loi de l'activité humaine, d'où procèdent toutes les autres règles qui régissent la vie en société. Il songea enfin que, depuis le temps lointain de Solon et jusqu'au siècle qui avait vu naître l'infâme Robespierre, aucun philosophe, nul de ces législateurs qui avaient prétendu offrir à l'espèce humaine plus de justice et de bonheur, n'avait compris que l'éternelle loi du désir et l'éternel besoin de volupté ne sauraient être impunément contraints. Mais ces insensés que l'on donne pour sages n'avaient cherché qu'à briser en nous la merveilleuse énergie qui nous porte à nous unir à l'objet de notre désir et nous donne par là même et l'entendement et la faculté de vouloir.

Il songea enfin que Pauline et ses pareils, que tout ce peuple en armes qui déferlait soudain sur l'Europe, s'emparant même de Venise, asservissant au nom de la liberté, pillant au nom de l'égalité, massacrant au nom de la fraternité, prétendait établir sur le monde une nouvelle loi qui ne devrait plus rien à la sainte imperfection de notre nature, mais s'appuierait sur le seul prestige de la prétendue raison délivrée de toute contingence. C'était là une aussi grande folie que de vouloir arrêter le mouvement même des astres.

Casanova redescendit l'escalier et s'en alla vers le parc. Il ne pouvait songer à dormir dans le trouble où il se trouvait. Les paroles de Pauline l'avaient touché comme s'il devait soudain convenir que sa longue existence n'était véritablement faite que d'une succession d'erreurs ou, pis encore, de tromperies et de bassesses.

Il marchait en se parlant à lui-même, parfois dans un murmure indistinct, parfois d'une voix forte et en accompagnant son discours de grands gestes.

Puis il cessa de débattre avec sa conscience, obligeant au même silence son bon et son mauvais génie dont l'interminable querelle, vainement poursuivie au fil des ans, avait sans doute de moins en moins d'objet. Il tâcha de se guérir de son état de confusion et d'abattement en se consolant, comme il le faisait d'habitude, par l'évocation de ses souvenirs les plus doux ou les plus flatteurs.

Il se revit quarante ans plus tôt, dans la maison d'agrément qu'il avait louée près de la barrière de la Madeleine, à l'abri du tumulte de Paris et surtout des visites indiscrètes, car il était en ce temps-là un homme fort à la mode et devait conquérir sur toutes sortes d'importuns le temps qu'il entendait consacrer aux femmes et aux plaisirs.

Riche de près d'un million de livres que lui avaient rapportées d'habiles spéculations, il voulut s'assagir et faire honnêtement fructifier son capital. Ayant toutes les connaissances chimiques nécessaires, il entreprit de produire sur les étoffes de soie, au moyen de l'impression, tous les beaux dessins que l'on exécutait à Lyon par les moyens lents et difficiles du tissage, et de pouvoir ainsi procurer la marchandise à des prix bien inférieurs.

Casanova devint un chevalier d'industrie. Mais il n'aurait pas été lui-même si, à l'intérêt d'un établissement honnête et lucratif qui le grandissait à ses propres yeux, il n'avait ajouté le bonheur de régner sur vingt ouvrières, toutes jolies et dont la plus âgée n'avait pas vingt-cinq ans. Le sage entrepreneur et l'avisé chimiste qu'il voulait être d'après son bon génie ne prirent malheureusement jamais le pas sur le sultan que son mauvais génie avait transporté dans le plus voluptueux des harems.

Avec le tempérament de Giacomo et son goût prononcé pour la variété, vingt jeunes filles séduisantes étaient un écueil où sa vertu devait chaque jour faire un nouveau naufrage. Casanova fut curieux de la plupart de ces filles qui profitèrent de cette curiosité pour lui vendre leurs faveurs le plus chèrement qu'il leur était possible. L'exemple de la première servit de règle à toutes pour prétendre maison, meubles, argent, bijoux. Or, le caprice du sultan ne durait d'ordinaire pas plus d'une semaine. Dès qu'il avait jeté son dévolu sur une nouvelle favorite, il oubliait tout à fait les anciennes, mais continuait de fournir à leurs exigences. Cela alla si loin qu'en peu de temps on fit saisir tout ce qu'il y avait à l'atelier, hormis les vingt filles elles-mêmes, dont l'entretien fut jugé bien trop coûteux. Casanova y perdit aussi sa maison de la Petite-Pologne, ses chevaux, ses voitures, tout ce qu'il avait, et il échappa de fort peu à la prison.

Il trouvait aujourd'hui un plaisir sans mélange à se remémorer ce moment de sa vie, en dépit de son fâcheux épilogue. Son mauvais génie, après tout, lui avait procuré bien plus de divertissements et de jouissances que les sages conseils de la raison. Casanova était incapable de regrets, mais sa vieillesse était en proie à d'innombrables nostalgies. Il rêvait comme jadis de gloire et de fortune, mais il lui fallait désormais rêver dans le passé. Il avait vécu tantôt en prince et tantôt comme un gueux. Il n'était plus à présent qu'une sorte de domestique, puisqu'il n'avait plus le courage d'être un gueux, et que le comte Waldstein avait eu la bonté de prendre à ses gages non pas Casanova en personne, qui n'était plus, mais l'ombre de Casanova.

Exilée dans un temps qui n'était plus le sien, cette âme en peine trouvait de l'apaisement à s'égarer par les allées du vaste parc, loin des habitations des vivants. Un étrange silence pesait cette nuit-là. Des éclairs illuminaient encore, vers l'orient, le ciel resté presque pur. Casanova s'assit sur une souche au bord d'une clairière que des bûcherons venaient d'ouvrir. Il demeura là jusqu'à l'aube, dans une immobilité pareille à celle des frondaisons qu'aucun souffle ne remuait. Il songea longuement à Madame de Fonscolombe, dont l'âme délicate et noble s'était accordée si facilement au diapason de la sienne, puis à Pauline, qui semblait s'être mis en tête de venger toutes les femmes dont il avait galvaudé l'amour. Il songea surtout à Henriette qui avait été sûrement la seule femme qu'il n'aurait jamais voulu quitter. Il lui vint des larmes, mais il les laissa rouler sur ses joues et sa respiration demeura régulière et paisible. Il ne sentait pas qu'il pleurait. Il n'aurait su dire s'il était heureux ou malheureux, cette nuit-là comme toutes les autres nuits depuis douze ans qu'il s'était retiré dans le château de Dux, fantôme tout à fait négligeable parmi les spectres glorieux des Wallenstein.

L'aurore transparente et glacée le surprit dans cette sorte d'apathie. Un frisson le fit revenir à lui. Il allait se lever quand soudain, à quelques pas de lui, les fourrés s'agitèrent, comme si quelque animal impétueux allait s'en échapper. Giacomo retint son souffle. Les buissons étaient à nouveau immobiles, et l'obscurité, qui demeurait encore presque complète, empêchait qu'on distinguât rien. Mais, à n'en pas douter, une bête se cachait là et s'apprêtait à déguerpir, ou peut-être à bondir sur l'imprudent promeneur. Ce pouvait être quelque inoffensif perdreau, mais aussi l'un de ces ours qui habitaient en nombre la forêt voisine.

Casanova avait soupé en simple veste et ne portait pas d'épée. Il prit le parti de quitter la clairière à pas furtifs et trouva refuge derrière un gros arbre. On ne sentait pas le moindre souffle de vent et la bête, dangereuse ou non, ne l'avait peut-être pas aperçu ni flairé.

Giacomo n'avait rien d'un Nemrod et ne connaissait des habitants de la forêt que les pièces de gibier qu'il trouvait dans son assiette.

Le fourré s'agita de nouveau, animé cette fois d'un frémissement plus lent et comme régulier. Casanova restait sur le qui-vive derrière le tronc qui le dissimulait. Continuant d'observer le buisson, il se contraignait à la plus parfaite immobilité. Au bout d'une minute, le feuillage s'écarta, laissant apparaître distinctement l'animal qui se trouvait là, d'aspect fort inoffensif et tout à fait familier à Giacomo.

Sa frayeur ayant passé d'un coup, il partit d'un rire que la créature du buisson ne parut pas entendre, ou qui, en tout cas, ne troubla nullement son occupation. Il est vrai que l'animal en question, d'une espèce d'ailleurs des plus banales, déployait une activité très grande et de celles qui ne souffrent pas d'interruption. C'était Toinette, c'était bien elle, courbée en avant, jupe et jupon retroussés jusqu'aux épaules, ses jolis arrières livrés sans défense aucune à la puissante avant-garde de l'infâme Schroetter qui, s'étant emparé de la place, se livrait à son pillage en règle.

La jolie sotte ne demandait visiblement ni grâce ni merci. Elle semblait ravie de sa défaite et en livrait volontiers tout le butin à son vainqueur. Le triomphe de Schroetter se manifestait par des rugissements qui, une minute plus tôt, eussent annoncé à l'imagination de Giacomo un fauve très féroce ou quelque dragon plus formidable encore.

Casanova ne conçut nulle jalousie à voir sa petite Toinon ainsi mise à sac et en proie aux affres délicieuses de la jouissance. Il avait si universellement le goût du plaisir qu'il pouvait l'aimer et comme le ressentir lui-même dans les autres. Il lui déplut toutefois que le conquérant de Toinette fût ce coquin de Schroetter. Etait-ce pour un tel vaurien qu'il avait lui-même ouvert le chemin de ce temple de la véritable innocence, et livré sans le savoir les clés du sanctuaire, car, contrairement à ce qu'on en a dit, si la volupté ne donne pas forcément de l'esprit à celles qui n'en ont pas, elle leur inspire communément un goût effréné pour la débauche.

Ayant achevé le sacrifice par des grognements très expressifs et une ruade magnifique, ce rustre de Schroetter, qui tenait en effet du porc et du cheval, remonta sa culotte sur ce qu'il avait de plus humain, tandis que Toinon rabattait ses jupes et rajustait le bandeau sur son visage extasié.

Or Casanova n'avait pas été le seul spectateur de cette scène superbe, car, s'étant rhabillé, Schroetter s'élança soudain vers un taillis tout proche et, ayant violemment secoué les arbustes et les buissons enchevêtrés, il captura un étrange volatile noir et de très grande taille qui n'était pas un aigle mais, par ses cris aigus, s'apparentait plutôt à une orfraie.

C'était l'abbé Dubois, et Schroetter, aussi puissant à cette tâche-ci qu'à l'autre, l'assaisonna copieusement avec ses poings et ses pieds.

Dans les cris de l'un et les vociférations de l'autre, Casanova démêla que Schroetter avait surpris l'abbé à l'épier tandis qu'il accomplissait avec Tonka l'éternel décret de la nature : entraîné malgré lui à des pensées impures, l'indiscret Dubois se livrait en même temps qu'eux, et sur lui-même, à un vigoureux *confiteor*. Schroetter n'était pas homme à quitter son poste pour si peu, et avait achevé ses libations amoureuses sans se laisser troubler par ce fâcheux témoin. Mais il lui faisait maintenant sentir toute l'indignité d'un tel procédé que de polluer la terre qui nous a enfantés.

Dubois n'était ni d'un âge, ni surtout d'un caractère à répliquer aux arguments d'un Schroetter, et le malheureux confesseur de Madame de Fonscolombe se laissait proprement assommer par cette brute.

L'honneur commandait à Giacomo de sauver cet inoffensif émule d'Onan, dont le crime ne demandait que le rire pour châtiment. D'un mouvement impétueux et noble, il vint s'interposer entre les deux hommes, tandis que Toinette poussait une exclamation de surprise et fondait en larmes, dans la honte de rencontrer ici celui qu'elle voyait comme un bienfaiteur et un père.

Il fallut que Casanova prêtât son mouchoir à Dubois qui perdait du sang par l'oreille et par le nez. Le malheureux abbé s'inquiétait de ce qu'on allait penser en lui voyant le visage ainsi meurtri et tuméfié.

« Vous direz que des vagabonds vous ont assailli pour vous détrousser.

— Me croira-t-on ?

— Je témoignerai que je vous ai vu, que je vous ai sauvé et je le jurerai sur la sainte Bible.

— Dites-le, je vous en prie, mais ne jurez pas !

— Je jurerai, répéta Casanova, car le mensonge, comme la vérité, ne souffre pas de compromis.

— Il y a péché mortel à mentir sur la sainte Bible.

— Il y va de mon honneur, mon père.

— Il y va de votre salut.

— Mon salut vient après mon honneur, et mon honneur, vous le savez, vient après mon plaisir.

— Vous blasphémez.

— Je blasphème ? Mais, vous, que faisiez-vous tout à l'heure dans les fourrés ?

— Ah, n'en parlons plus !

— Soit ! Mais, pour vous prouver mon estime et mon amitié, je vous promets que le soir où Mademoiselle Desmarets entrera dans mon lit, je vous réserverai votre place dans l'armoire.

— Epargnez-moi de telles moqueries, Monsieur, même si je les mérite !

— Madame de Fonscolombe vous a désigné comme arbitre dans la compétition amoureuse qui m'oppose à Mademoiselle Desmarets. Or il convient que l'arbitre observe l'épreuve de bout en bout, et qu'il puisse toujours s'assurer que les adversaires font preuve de vaillance et de loyauté.

— Je vous supplie à nouveau, Monsieur Casanova, de cesser vos moqueries.

— Point du tout, padre ! Dans l'armoire ! Vous serez dans l'armoire et vous couronnerez de vos propres mains l'athlète vainqueur, non point de lauriers, bien sûr, mais en secret, ainsi que vous vous plaisez à le faire. Si votre modestie vous défend de tenir ce rôle, soyez assuré que nul ne saura rien de notre convention.

— Votre ton d'assurance et de sérieux me ferait croire que vous en parlez pour tout de bon, Monsieur », dit alors l'abbé, que la proposition indécente de Casanova ne laissait sans doute pas indifférent.

Voyant s'allumer l'œil de Dubois, Giacomo ne put s'empêcher de pousser plus loin le bouchon et, de l'arbitre que demandait Madame de Fonscolombe, il prétendit faire un allié complaisant :

« Je vous offre de gagner votre place dans l'armoire, expliqua-t-il.

— Que faut-il que je fasse ? questionna le padre pour qui cette farce devenait soudain la chose la plus sérieuse du monde, car l'armoire possédait à ses yeux l'attrait du paradis.

— Il manque un régisseur au spectacle que je veux vous offrir, et vous serez ce régisseur. »

L'air de perplexité de Dubois montrait que l'ancien curé de Vaugirard ne fréquentait guère les coulisses des théâtres et n'en connaissait pas les usages, mais Casanova ne demandait qu'à devenir son mentor, pourvu que ce fût à sa façon particulière, et avec toute la fantaisie qu'il lui plairait d'y mettre.

« Le principal office du régisseur, exposa-t-il, est d'aider les comédiens à tenir leur partie avec la plus grande perfection possible. Si la scène veut que les acteurs se tiennent assis, le régisseur devra fournir les chaises ou les fauteuils. S'ils doivent souper, le régisseur couvrira la table. Si l'auteur du drame demande que l'héroïne reçoive un amant dans son lit, le régisseur devra l'y conduire et, s'il le faut, la pousser un peu vers l'alcôve. Autrement, mon cher père, point de lit, et, par malheur, point d'armoire non plus. »

L'abbé ne répondit rien à ce trait, mais Casanova comptait qu'il brûlait d'entendre la suite.

« Convenons, reprit-il, que notre chère Pauline montre peu de goût pour la comédie, ou du moins pour le genre libertin qui est le seul dans lequel j'excelle quelquefois ! »

L'ecclésiastique acquiesca gravement : il était assez clair que la Desmarets préférait l'appareil solennel de la tragédie ou les pompes sanglantes de l'épopée au charme léger du genre galant.

« Il nous faudra pourtant amener notre diva à chanter avec moi le duo final, poursuivit Casanova, car une histoire où il manque le dénouement n'est pas une histoire du tout, et le public n'en veut pas. »

Le public dont il était question acquiesca de nouveau du chef. Il y mit une si belle conviction que Giacomo se retint de rire. Il était maintenant assuré que Dubois le seconderait dans ses desseins et pousserait la Desmarets d'une main ecclésiastique, mais ferme et déterminée, jusque dans l'alcôve où se jouerait le dernier acte de la farce.

Dubois garda la chambre jusqu'au soir, trouvant peut-être inconvenant de montrer aux dames l'affreuse enflure de son visage. Casanova affirma que le saint homme s'était fait rosser dans le parc du château par des ivrognes qui s'y étaient répandus, car on avait négligé d'en bien fermer la grille. Madame de Fonscolombe affecta de croire à cette fable mais feignit assez mal pour qu'on sût qu'elle n'y croyait pas. Elle apprit à Casanova, qui n'en fut pas surpris, que, depuis qu'ils voyageaient ensemble, le bon Dubois se faisait régulièrement corriger de la sorte par les ivrognes de presque tous les pays où ils passaient.

Devinant que son aimable invitée était d'humeur à s'amuser de quelque nouveau mensonge, Casanova ajouta que l'abbé, en vrai martyr, avait montré un si beau courage dans la souffrance et tant de foi dans le Seigneur qu'il l'avait convaincu en moins d'une heure de revenir dans le giron de l'Eglise et de finir ses jours dans la foi.

« Vous ? s'esclaffa la vieille dame.

— Qui d'autre ?

— Aviez-vous donc bu, vous aussi, ou bien est-ce un miracle ?

— Allons, Madame ! C'est montrer soi-même bien peu de foi que de ne pas croire à une conversion, dût-elle être, j'en conviens, très miraculeuse.

— Elle l'est en effet ! Elle l'est ! reconnut la vieille dame qui manquait s'étrangler de rire, et je vous crois, mon ami. Je trouve trop de bouffonnerie à cette aventure pour n'y point croire de toutes mes forces. »

Pauline Desmarets entra sur ces entrefaites dans le salon chinois où Casanova venait ainsi d'annoncer qu'il était subitement touché par la grâce.

« Cela s'est fait en moins d'une heure, renchérit Madame de Fonscolombe.

— Monsieur Casanova en agit aussi promptement avec le Seigneur qu'avec les femmes, apprécia Pauline.

— Et avec autant de succès, commenta la vieille dame. Sentez, sentez ce suave parfum de vertu qui s'exhale de tout son être ! Dieu n'a pas résisté à la séduction de notre ami. »

Aux rires et aux plaisanteries tant de Pauline que de Madame de Fonscolombe, Giacomo opposa un air de sérieux et de sévérité qui ne convainquit point encore, certes, mais fit naître de nouveaux commentaires et des questions en nombre.

Il révéla que, par deux fois dans le passé, il avait été touché par la Grâce et avait songé à se faire moine. Or le vieux libertin mit tant de sincérité dans ses paroles que Madame de Fonscolombe, malgré sa surprise, se prit à presque le croire. Pauline, en revanche, affecta de s'étonner qu'après cette double révélation de la foi, il ne portât toujours pas la robe de bure et ne fît point sauter sur sa poitrine, au lieu de cette prétentieuse croix de rubis de l'Eperon d'or, un humble chapelet de buis.

« Dans mon jeune âge, admit le chevalier de Seingalt, je manquais en effet de constance. J'aspirais au bien mais, comme dit le philosophe, je suivais plus volontiers mon destin.

— Sous les espèces, j'imagine, de quelque jolie femme, intervint Madame de Fonscolombe.

— La route qui conduit à la débauche, commenta Pauline, est évidemment plus large et plus aisée que le chemin du salut.

— Les voies qui mènent au plaisir, objecta Casanova, sont au contraire fort étroites, barrées de lourdes portes, entrecoupées d'escaliers obscurs où l'on manque se rompre le cou. La volupté n'est presque toujours que la récompense de l'audace. »

Le débat se poursuivit sur le ton de la plaisanterie. Casanova ne désirait pas autre chose, sachant que c'est par le rire et le simple bavardage qu'on mène le plus facilement les femmes vers le champ clos où se disputera la joute amoureuse, car elles ont un goût immodéré pour les mots et s'entêtent d'une phrase plus vite que d'un homme. Elles s'enivrent tout à fait de la liqueur des vaines paroles, et c'est alors que la main, la bouche, et bientôt l'instrument même du plaisir, forceront sans difficulté la place. Les femmes ont d'habitude l'imagination moins vive et leurs sens s'enflamment moins promptement que ceux des hommes mais, une fois que le feu de la volupté les dévore, l'incendie ne peut plus s'éteindre et la plus solide vertu disparaît bientôt en fumée.

La farouche Desmarets n'en était certes pas encore là, mais, pour cette fois, elle prenait plaisir à la conversation du chevalier et ne semblait pas s'aviser que son adversaire la conduisait insensiblement sur le terrain du badinage amoureux. Quel meilleur prétexte, en effet, que de débattre de vertu et de religion pour parler, sans paraître même y songer, de la débauche et du plaisir ?

Pauline, bien sûr, ne croyait pas à la trop éloquente profession de foi du ci-devant séducteur. Elle n'en était pas moins dupe du procédé, car, si elle ne donnait aucun crédit à ses paroles, elle en admirait pourtant le style et en subissait le charme. Enfin elle écoutait celui qui n'avait d'autre but, auprès des femmes, que de se faire écouter.

L'abbé Dubois survint vers le soir : la faim avait poussé l'animal hors de sa tanière. Madame de Fonscolombe appela Rosier qui couvrit la table. Dubois s'était assis un peu à l'écart, en vivante allégorie de l'humilité, et la vieille dame l'engagea à conter la terrible aventure où il avait failli perdre la vie. D'un geste modeste de la main, l'abbé demanda qu'on voulût bien oublier une affaire de si peu d'importance.

Le lendemain, qui était un dimanche, Casanova ne se montra point dans la chambre de Madame de Fonscolombe, qui prit le chocolat seule avec Pauline. La conversation fut dépourvue d'agrément, car il y manquait le chevalier et ses brillants sophismes que la petite robespierriste se serait plu à réfuter.

Vers dix heures, les deux dames se rendirent à l'église dont le portail donnait sur le village, mais qu'on pouvait gagner, sans sortir du château, en entrant par le chevet.

Pauline se bornait comme à l'accoutumée à prêter ses yeux et conduire sa maîtresse dans l'antre de la superstition. Elle s'asseyait auprès d'elle et patientait jusqu'à la fin de l'office, prenant soin de montrer un air de grande réprobation et de ne pas seulement paraître écouter.

Ce jour-là, toutefois, le vertueux athéisme de la jeune femme se laissa surprendre au spectacle que donnait Giacomo Casanova, assis en avant des autres fidèles, dans le fauteuil même des comtes Waldstein et, le visage caché dans les mains, les épaules secouées d'une sorte de sanglot, manifestant tous les symptômes de la plus violente fureur mystique.

Madame de Fonscolombe le reconnut à l'incomparable ferveur de ses soupirs et de ses prières. Par égard pour la sainteté du lieu, elle se retint de rire. Pauline elle-même se ressaisit et affecta de ne plus voir l'étrange pénitent en habit de velours cramoisi, culotte de soie jaune et chaussures à boucle de strass.

L'abbé Dubois se tenait modestement parmi les paysans et n'apparut qu'à la fin de l'office pour présenter Madame de Fonscolombe au prêtre du village, qui était aussi l'aumônier des Waldstein. Les deux hommes et la vieille dame devisèrent en français et en latin. Pauline cherchait des yeux Casanova, mais celui-ci avait disparu aussitôt après l'*ite missa est*. On ne le revit qu'au dîner.

Giacomo ne comptait sûrement pas qu'on le prît au sérieux, mais il ne craignait pas davantage les sarcasmes de sa jeune antagoniste qui, ne sachant renoncer à la moquerie, ne pouvait déjà plus feindre d'ignorer tout à fait le séducteur.

« Ah, comme je me repens de mes péchés ! s'écria-t-il, frappant du poing sa poitrine, la voix brisée par l'émotion.

— Allons, mon cher ami, affecta de le rassurer Madame de Fonscolombe, vos péchés sont nombreux, mais peut-être pas si grands.

— Leur répétition même en fait toute l'horreur.

— Ce n'est pas toujours pécher que de trop aimer, renchérit l'abbé Dubois dont l'indulgence, depuis la nuit passée, ne connaissait plus de bornes.

— Je n'ai été qu'un vil fornicateur, s'écria Giacomo. Mais je veux finir mes jours dans la chasteté la plus exacte.

— C'est à votre âge le plus sage parti à prendre », ne put alors s'empêcher de persifler la Desmarets. Or Giacomo n'attendait qu'une occasion, même aussi peu flatteuse, d'intéresser la belle indifférente à sa comédie.

« Hélas, oui ! reconnut-il avec la mauvaise foi la plus touchante : malgré tous vos attraits, chère Pauline, vous-même ne sauriez plus me détourner du chemin où je m'engage aujourd'hui.

— Je n'aurais garde de m'opposer à une si noble résolution.

— Prenez-en le risque ! Vous verrez que je ne mens pas.

— Je vous crois sur parole, Monsieur Casanova. »

Madame de Fonscolombe eut un vertige en se levant de table. Pauline et Rosier, qui la savaient sujette à cette sorte de malaises, s'empressèrent auprès d'elle sans montrer trop d'inquiétude, et la conduisirent dans sa chambre où elle resta jusqu'au soir.

Casanova eut la visite du jeune Montevecchio, venu de Dresde où il s'occupait d'approvisionner en peinture italienne les galeries du prince électeur. Montevecchio était porteur d'une lettre de la princesse de Liechtenstein qui, allant de Vienne à Berlin, n'avait pas fait le détour de Dux, ses affaires l'obligeant à voyager au plus court. Elle s'en excusait auprès de Madame de Fonscolombe et la priait, si elle le voulait bien, de la retrouver à Dresde où elle se trouvait présentement et aurait à demeurer pendant deux ou trois jours encore.

Montevecchio se rendait à Prague et ne resta au château qu'un moment. Giacomo ne chercha pas à le retenir, et l'Italien reprit la route aussitôt que sa voiture fut attelée de chevaux frais. Ainsi Pauline, qui était restée auprès de sa maîtresse, ne le rencontra pas et, se penchant à la fenêtre de la chambre de Madame de Fonscolombe, elle n'aurait pu voir de cet agréable jeune homme que la poussière que sa voiture fit en s'éloignant sur le chemin.

Le souper fut servi à neuf heures. Madame de

Fonscolombe y parut, aimable et souriante comme à l'accoutumée, donnant même à ses paroles un ton particulier d'enjouement et d'aménité. Elle était parée de ses plus beaux bijoux, coiffée avec le plus grand soin, et avait un peu de rouge aux joues, comme c'était autrefois l'usage à Versailles ou à Paris. Casanova lui en fit compliment et assura qu'il s'émerveillait d'un aussi prompt et complet retour à la santé, accompli avec autant d'élégance.

« J'essaie seulement de me souffrir moi-même avec constance, répondit-elle, et de consentir à ce que les ans ont fait de moi, comme je tâcherais de porter avec grâce un vêtement trop lourd et suranné. Chacun devrait en agir ainsi, car de ces manteaux-là, hélas, nous n'en possédons qu'un seul.

— Il m'arrive parfois de rêver le contraire, avoua Casanova, alors mon esprit bat la campagne dans son vieil habit, et je m'avise trop tard que je ne suis plus qu'un épouvantail. »

Il posa sur Pauline un regard de touchante humilité, espérant peut-être que la jeune femme lui ferait la charité de le contredire. Mais Pauline, comme on sait, se targuait de n'être pas charitable.

Rosier apporta une fricassée de cuisses de grenouille qu'il avait préparée en bravant la réprobation de Faulkircher et des autres domestiques, attirés au fourneau par l'odeur de l'ail. Madame de Fonscolombe le récompensa en l'invitant à s'asseoir et à prendre part au festin.

« Le chant amoureux de ces malheureuses créatures ne troublera plus notre sommeil, observa Casanova, et l'on devrait accommoder pareillement plusieurs ténors de l'Opéra italien de Dresde. Il est vrai que la renommée de cet Opéra tient moins à l'art de ses musiciens qu'à l'agrément qu'on y trouve, à l'entracte, de plusieurs tables de pharaon.

— On joue donc au pharaon à l'Opéra de Dresde ?

s'étonna la vieille dame. Est-ce que le prince électeur permet cette étrange licence ?

— Il y trouve son bénéfice, car il est pour un tiers dans chaque banque qui se tient là.

— Je serais bien curieuse d'entendre cette musique dont les notes sont des florins ou des ducats.

— Dresde n'est qu'à un jour de voiture d'ici, Madame, et la princesse de Liechtenstein serait heureuse de vous y voir. »

Sur ces mots, Casanova lut à Madame de Fonscolombe la lettre que Montevecchio lui avait remise.

Le départ fut fixé au lendemain, à l'aube. Casanova objecta que, à peine remise de son malaise, Madame de Fonscolombe aurait bien fait d'attendre un jour ou deux avant de se hasarder sur la route. Mais la vieille dame exposa plaisamment qu'il lui tardait de visiter Dresde, qui était la seule ville d'Europe où elle ne se fût pas encore évanouie.

Casanova lui ayant confirmé qu'on y trouvait d'excellents oculistes, comme presque partout en Allemagne, elle décida qu'on emmènerait Tonka, dont le sort l'intéressait, et qu'on la pourvoirait là-bas de l'œil qui lui manquait.

Avertie, la petite vint se jeter aux pieds de sa bienfaitrice. Schroetter l'accompagnait et traduisit en allemand les paroles de reconnaissance de la fillette : il en ressortait qu'elle ne comprenait pas qu'on lui façonnerait seulement un œil de verre, la dispensant de porter son vilain bandeau, mais qu'elle croyait qu'un oculiste disposait du pouvoir surhumain de lui offrir un œil véritable.

Sa joie était si grande et s'exprimait avec une telle candeur que chacun en fut touché. Pauline et Casanova se trouvèrent pour une fois d'accord pour complimenter Madame de Fonscolombe pour cette bonne action.

Les deux berlines furent attelées dès six heures. Casanova prit place à côté de Madame de Fonscolombe qui voulut que Tonka s'assît face à eux sur le strapontin, tandis que Pauline, Rosier et l'abbé voyageraient dans l'autre voiture. On n'emporta de linge et d'habits que pour peu de jours.

Casanova et la vieille dame furent de la sorte dans un agréable tête-à-tête que ponctuaient les exclamations de surprise et les rires de la petite paysanne : le nez collé à la vitre, peu soucieuse de l'image de naïveté qu'elle offrait ainsi, Tonka était dans l'ivresse de la nouveauté et s'émerveillait de tout ce qu'elle voyait. Les deux vieillards interrompaient leur conversation pour écouter ces manifestations de la joie la plus pure et en prendre leur part.

« Je comprends qu'une telle innocence ait pu vous séduire, dit Madame de Fonscolombe. Et soyez certain que vous n'en avez rien ôté à cette fillette, car une telle candeur est une grâce divine qui résiste à tout.

— Je lui ai pris son innocence et, quoique vous puissiez en dire, j'en ai du remords.

— Une si parfaite innocence, je vous l'assure, se prodigue sans être en rien diminuée. »

Madame de Fonscolombe affirma aussi qu'elle trouvait plus de charme à cette humble paysanne qu'à l'orgueilleuse Pauline qui se proclamait elle-même, à l'instar de ses héros jacobins, la représentante véritable d'un peuple qu'elle ne connaissait pas mais méprisait plutôt : « Ainsi, mon cher ami, je ne vous blâme pas de vouloir posséder notre robespierriste, quand bien même il vous faudrait user de ruse et de tromperie pour y parvenir, car vous ne feriez de mal qu'à sa vanité, et je pense que sa vertu n'est pas si grande qu'on doive trop la respecter.

« Je crois Pauline si infatuée d'elle-même, poursuivit la vieille dame, que vous pourriez bien la persuader de la vérité de votre étrange conversion, pourvu seulement qu'elle s'imaginât être la seule à savoir vous y faire renoncer.

— C'est bien ainsi que j'espère avoir le dernier mot, dit Giacomo dans un sourire.

— Je m'émerveillerai donc de voir le fameux Casanova désormais habité par la foi et prêt à prendre l'habit de bure. Je tâcherai de persuader l'abbé de se montrer aussi convaincu.

— Ne vous inquiétez pas de cela, répondit Giacomo. J'en ai fait mon affaire et l'abbé est prêt à me faire canoniser demain.

— Je ne veux pas savoir comment vous êtes parvenu à ce beau résultat, dit en riant la vieille dame, car le pauvre Dubois est de ces hommes qu'on amène facilement à composition. Il n'a montré de courage qu'une fois dans sa vie, refusant de prêter serment à l'athéisme, et il pense y avoir gagné une fois pour toutes son salut. »

On s'arrêta peu avant midi au bord du chemin. Un paysage de prairies et de bosquets verdoyants s'étendait jusqu'aux collines qui marquent la frontière des états du prince électeur. On ne voyait aucune habitation, mais l'endroit ne manquait pas d'agrément. Monsieur Rosier sortit les paniers du dîner qu'il avait préparé. On choisit un lieu commode, à l'ombre d'un grand chêne. Tonka étala une nappe sur l'herbe et Rosier disposa des coussins pour tout le monde, car Madame de Fonscolombe voulait qu'à ce repas sans cérémonie, chacun fût de même rang et se servît lui-même.

Tonka ne s'étonna pas moins de cette révolution-ci que de toutes les nouveautés qu'elle voyait depuis le matin, mais elle fut prompte à s'accommoder d'une loi si libérale et mangea d'un appétit à faire plaisir. Son émerveillement faisait l'admiration de tous et l'abbé Dubois la considérait en lui souriant avec une tendresse particulière.

Les deux voitures arrivèrent à Dresde en fin d'après-midi. Le soleil bas faisait resplendir les façades des hautes maisons peintes de vives couleurs et les monuments ornés de statues ou de frises finement sculptées. Oubliant le chevalier et Madame de Fonscolombe, la petite paysanne de Dux regardait ce spectacle extraordinaire en retenant son souffle. La hauteur formidable des maisons et l'agitation incessante de la foule qui se pressait par les rues lui donnaient une sorte d'effroi. Les œuvres les plus communes de la civilisation la plongeaient dans la stupéfaction.

On descendit à l'hôtel de Saxe dont on prit tout le premier étage. Un balcon courait devant les chambres en les réunissant. Madame de Fonscolombe fut accommodée dans la chambre du milieu qui était plutôt un salon où l'on pouvait recevoir du monde et souper. Une alcôve en occupait le fond, tandis que le balcon s'élargissait devant les deux portes-fenêtres, de sorte qu'on pouvait aisément s'y asseoir et converser. Le soir, l'endroit était éclairé par une espèce de lanterne à l'espagnole.

Pauline s'installa dans la chambre voisine, grande aussi, et pourvue d'un lit français qu'elle partagerait avec Tonka.

Casanova prit une chambre fort petite, au bout du balcon, mais qui convenait à ses desseins puisqu'elle communiquait avec la précédente par une porte dérobée dont le verrou n'était tiré que de son côté. Profitant du sommeil de Tonka, qu'il savait fort lourd, il pourrait, si son bon génie l'aidait à triompher enfin, s'introduire secrètement auprès de Pauline, sans même devoir passer par la fenêtre.

Monsieur Rosier et l'abbé eurent une grande chambre à deux lits, à l'autre extrémité du balcon.

Après une brève toilette, on soupa très tôt chez Madame de Fonscolombe que le voyage avait fatiguée. Monsieur Rosier servit comme d'habitude, mais le repas, qui était bon, ne devait rien à ses talents. Casanova fit monter du champagne et l'on se divertit, malgré les protestations de la Desmarets, à griser un peu Tonka qui, se renversant à force de rire, montra aux messieurs qu'elle portait une culotte noire. Cette bizarrerie réjouit Madame de Fonscolombe qui, par plaisanterie, demanda à Pauline si c'était sur son conseil que la petite avait pris ainsi le deuil de sa vertu. A la surprise de tous, et sans paraître s'aviser du ridicule de son initiative, Pauline répondit qu'elle tâchait, en l'obligeant à porter une culotte, d'inculquer de la pudeur à cette trop naïve enfant.

Dès neuf heures, chacun regagna sa propre chambre et la lanterne ne fut pas allumée sur le balcon où Giacomo, ayant posé une chaise devant sa fenêtre, demeura un moment à rêver.

Le désir qui le portait vers Pauline tenait moins d'une passion véritable que de la volonté de ne pas laisser le dernier mot à cette trop sévère créature. Il songea que plusieurs femmes qu'il avait pensé jadis aimer n'avaient été pareillement que des adversaires que le hasard avait opposées plutôt qu'offertes à son désir. Quand l'amour n'est pas l'effet d'une flamme innocente et sincère, il tourne aisément à une sorte de duel qui peut ne pas s'arrêter au premier sang. Les plaisirs mêmes qu'on y trouve ont un parfum lourd et comme un goût d'amertume. Les mouvements en sont plutôt lascifs que voluptueux. Les jouissances qu'il donne sont douloureuses.

Casanova songea de nouveau à cette funeste Charpillon, qu'il avait connue jadis à Londres et dont il gardait une si abominable impression qu'il n'avait pas eu le cœur de l'évoquer devant Madame de Fonscolombe.

Puis son esprit divagua parmi des idées et des souvenirs moins pénibles, dont plusieurs avaient eu pour théâtre la chambre même qu'occupait à présent la vieille dame, et le balcon où il se tenait. Il se rappela que de ce balcon, on pouvait apercevoir, à peu de distance, la maison que sa propre mère avait habitée jusqu'à sa mort, voilà vingt ans. Un peu plus loin, dans la même direction, avait vécu Giovanni, son frère, très estimé directeur de l'Académie des beaux-arts de Dresde. Dans la direction opposée, enfin, se trouvait la maison de Maria Magdalena Antonia, sa sœur.

Il songea que la postérité se souviendrait peut-être de Giovanni, mais plus sûrement de Francesco, son autre frère, le célèbre peintre de batailles, ou même de l'aimable comédienne Zanetta, leur mère, mais certainement pas de lui-même, Giacomo, auteur de nombreux et importants ouvrages philosophiques, historiques, politiques, mathématiques qui, tous, étaient déjà tombés dans l'oubli. Et il ne laisserait d'autre postérité que celle de plusieurs vauriens qui n'auraient jamais dû naître, ou de trop jolies nymphes, telle la charmante Lucrezia dont il avait certaines nuits négligé de se rappeler qu'il était aussi le père.

Jamais Giacomo n'avait à ce point éprouvé dans sa chair la fatigue de l'âge, ou peut-être de l'existence même, dont la vanité lui apparaissait soudain dans une effrayante clarté. Il avait si ardemment vécu, il avait jeté avec tant de prodigalité sa propre substance au temps qui passe, il avait tant lu, tant écrit, tant aimé, tant fait et défait, et il n'allait rien en rester, vraiment ? Nulle trace sur cette terre ?

A nouveau, il songea qu'il ne reverrait jamais Venise, qui l'avait si cruellement traité, avant de se donner elle-même à la pire canaille jacobine. Par un étrange hasard, il aurait à finir sa vie à une journée seulement de route de Dresde, qui avait été la seconde et, peut-être, la véritable patrie des Casanova. Mais ce retour, pour ainsi dire, auprès de Zanetta, de Giovanni et de ceux qui lui étaient le plus proches par le sang, l'éloignait infiniment de lui-même, Giacomo le Vénitien, et le plongeait dans la mélancolie : Zanetta et Giovanni n'étaient plus. Quant à Maria Magdalena, ou à sa nièce Teresina, ou à ses autres neveux, il n'avait plus le désir de les voir, non qu'il se fût fâché avec eux, mais parce qu'il n'avait plus rien à leur donner ou à recevoir d'eux. La vieillesse rendait Giacomo étranger à tout ce qui avait part à son existence présente.

Tandis qu'il méditait ainsi, le regard perdu dans les espaces obscurs du passé que piquetaient comme des étoiles les petites lueurs palpitantes d'innombrables nostalgies, une ombre furtive s'approcha, venue de l'autre bout du balcon, et le fit sursauter. C'était l'abbé Dubois, enveloppé dans une robe de chambre de soie qui, plus encore que la soutane, le rendait long et triste comme le carême.

« Je savais que je vous trouverais éveillé, dit le

prêtre, car ce balcon est fort propre à faire rêver un homme tel que vous, mais non point à le porter au sommeil.

— Etes-vous venu recevoir la confession de mes désirs secrets ? l'interrogea plaisamment Casanova.

— Hélas, répondit le saint homme, c'est plutôt à vous à entendre la mienne.

— Vos concupiscences ne sont guère secrètes et, à ce que j'en sais, vous avez la sagesse de les assouvir avant même de les concevoir tout à fait.

— Si vous imaginiez ce que j'endure, vous n'auriez pas le cœur d'en rire, dit l'abbé, avec une ardeur contenue. Car j'aime ! J'aime à la folie ! J'aime désespérement !

— Je vous en félicite, et Dieu vous le rend certainement au centuple.

— Il ne s'agit pas de Dieu, avoua l'ecclésiastique.

— Mais d'une de Ses créatures ? La belle affaire ! Le Seigneur ne saurait être jaloux de Ses propres enfants.

— Il s'agit en effet de la plus humble de Ses créatures.

— Seriez-vous donc épris de moi, malheureux ? »

L'un gémissant et retenant à peine ses sanglots, l'autre persiflant à mi-voix, Casanova et le padre poursuivirent un moment sur ce ton, Dubois ne voulant pas divulguer d'abord le nom de la belle, que Giacomo avait depuis longtemps deviné. D'un seul trait, enfin, comme s'il avait craint que son dernier instant ne survînt sans qu'il eût tout avoué, l'abbé révéla que Toinette était l'objet de sa fatale passion. Il croyait qu'elle lui accorderait ses faveurs pour quatre ducats qu'il avait gagnés à la quadrille sur Madame de Fonscolombe, et sur lesquels il lui avait déjà remis un acompte.

« Etes-vous sûr qu'elle a bien compris ? s'inquiéta Giacomo.

— Elle a pris mon ducat et m'a remercié aussitôt d'un charmant baiser.

— Vous aurez donc trois autres baisers pour l'argent qui vous reste.

— Je sacrifierai à l'amour sur l'autel de ses charmes, s'exalta Dubois.

— Sans doute, à condition que vous chantiez vous-même l'*introït* et que vous disiez la messe pour vous seul. Mais n'avez-vous pas l'habitude ? »

Dubois ne voulut pas se piquer de telles badineries et, ayant eu la peine de dire le principal, aborda plus aisément l'accessoire :

« Puisque la nuit est si douce, commença-t-il...

— Et si propice à l'amour, sans doute...

— Ah ! Je vous en prie, ne m'interrompez pas !

— Je me tais.

— Puisque la nuit est si douce...

— Vous ne savez donc dire que cela ?

— ... Et que vous semblez vous plaire sur le balcon...

— J'entends : vous voulez mon lit pour y converser tout à votre aise avec votre pénitente, tandis que je croquerai le marmot derrière la fenêtre.

— Si le balcon vous déplaît, mon cher Casanova, vous ferez aussi bien de prendre la place de Toinette dans son lit, qui est aussi celui de Mademoiselle Desmarets. »

La nuit était si obscure que Giacomo ne pouvait distinguer les traits ni rencontrer le regard du padre, ce qui fut cause qu'il l'écouta sans éclater de rire, s'amusant à lui opposer des objections et inventant toutes sortes de circonstances pour le faire bavarder encore et amener toute sa sottise à se faire jour. A la fin, il lui exposa qu'étant touché lui-même, et comme foudroyé par la Grâce, il ne songeait nullement à favoriser une intrigue qui ne pouvait avoir été inspirée que par le démon.

« Mon amour pour cette enfant est sincère, protesta le padre.

— Il est profane ! Il est abominable au regard du Seigneur ! Toinette est innocente et vous êtes prêtre : le crime serait double.

— Mais vous-même, n'avez-vous pas joui de cette innocence ?

— Hélas ! Je m'en repens !

— Je la garderai toujours auprès de moi, affirma l'abbé.

— Vous n'auriez pas dû quitter la France où l'on dit qu'aujourd'hui les prêtres se marient.

— Elle sera ma gouvernante... »

Dubois mit tant d'insistance à convaincre Giacomo que celui-ci finit par se lasser de ce jeu et, ne songeant plus qu'à se délivrer de l'importun, ouvrit la porte qui communiquait avec la chambre voisine. Dubois disparut aussitôt derrière le battant, agile et si maigre dans la pénombre qu'il en paraissait presque désincarné, pauvre et laid corbeau contrefaisant l'ange.

Giacomo verrouilla derrière lui la porte, abandonnant le saint homme à la grâce de Dieu : les deux filles avaient clos sur elles-mêmes fenêtre et persiennes, de sorte que Dubois ne pourrait ressortir sans que sa visite fût connue.

On déjeuna chez Madame de Fonscolombe. L'abbé ne parut point et Rosier dit qu'il ne l'avait pas vu depuis la veille, ni dans son lit, ni ailleurs. La vieille dame prit le parti de ne pas s'inquiéter, sachant que le bon Dubois était sujet à des insomnies qui lui faisaient quitter la soutane pour l'habit séculier et que ces sortes d'aventures l'obligeaient parfois à changer le vin de l'Eucharistie pour du mercure.

La vieille dame adressa par Rosier une lettre à la princesse de Liechtenstein qui se trouvait au château de Pillnitz où elle faisait sa cour au prince électeur.

Tonka fit le service à la place de Rosier. Casanova observait la fillette, tâchant de découvrir sur sa physionomie ce qu'il était advenu d'elle pendant la nuit. Mais le visage de Toinette ne donnait comme d'habitude à lire que le néant qui faisait sa parfaite innocence. Sans doute avait-elle dormi profondément et sans faire de rêve. Ou peut-être avait-elle consenti aux actions les plus lascives auxquelles Dubois avait eu la fantaisie de la soumettre. Giacomo tâcha aussi de déceler dans le maintien de la demoiselle Desmarets quelque trouble, aussi léger fût-il, mais ce fut sans plus de succès : les deux filles semblaient s'être entendues pour ne rien laisser découvrir. Il vint alors à Giacomo la pensée que Pauline et Tonka s'étaient offertes ensemble à l'abbé dans une infâme partie en trio, et que leur complicité présente était l'effet de leur connivence nocturne.

Repoussant de son esprit les images qui naissaient de cette idée affreuse, Casanova se leva soudain de table, s'excusant auprès de Madame de Fonscolombe, et se rendit tout droit dans la chambre de la Desmarets. Il entra par le balcon, la fenêtre étant ouverte.

Ce qu'il découvrit là n'était pas de nature à étonner un homme prévenu des mœurs particulières de l'abbé : celui-ci avait en effet passé la nuit dans l'armoire où était le linge des deux filles. Il s'y était trouvé si bien, à ce qu'il semblait, qu'il y était demeuré jusqu'au matin, livré aux secrètes délices d'une solitude à laquelle chemises et jupons donnaient la plus suave *odor di femina.*

Giacomo délivra l'heureux prisonnier qui tint à lui conter ses amours avec le linge des filles et à lui décrire par le menu les voluptés qu'il en avait retirées.

« Mais comment n'avez-vous point été découvert ? s'étonna Casanova : vous ronflez comme un régiment de grenadiers.

— Je ne me suis endormi qu'au jour, après que la charmante Tonka eut pris dans l'armoire le déshabillé de sa maîtresse.

— Elle vous a donc vu ?

— Certainement. Mais elle gardera le secret, car elle m'aime.

— Elle gardera le secret, reprit Casanova avec humeur, car elle est si sotte que, trouvant un homme dans l'armoire, elle n'a pas été frappée de l'étrangeté du fait, ni même effrayée.

— Suis-je donc effrayant ? questionna l'abbé d'un ton irrité.

— Votre visage est si repoussant qu'il donnerait à un débauché l'horreur de la chair, et toute votre figure est si laide que la plus éhontée catin n'attendrait de vous que la rédemption de ses péchés.

— Il faut donc que Tonka m'aime, car elle n'est pas libertine.

— Elle n'est en effet que stupide. »

Casanova mena l'abbé dans la chambre de Madame de Fonscolombe, où l'on se garda de lui faire la moindre question. Tonka lui servit le chocolat et continua d'aller et venir sans paraître d'intelligence avec lui, aussi naturellement que si elle ne l'avait pas vu depuis la veille. Considérant cette prodigieuse assurance, Casanova jugea que cette fille ne trahirait pas Dubois et que l'extrême degré de l'imbécillité donne autant de prudence que la plus sage réflexion.

Rosier fut de retour à midi, porteur d'une lettre invitant Madame de Fonscolombe et le chevalier de Seingalt à se rendre au palais de Pillnitz où le prince électeur les attendait.

Madame de Fonscolombe fit atteler et partit avec Casanova aussitôt après le dîner, tandis que Mademoiselle Desmarets emmenait Tonka chez l'oculiste. L'abbé accompagna les demoiselles, étant curieux de voir cette verroterie qu'on allait ajouter aux attraits de sa future gouvernante.

Dans la voiture, Madame de Fonscolombe fit admirer au chevalier le diamant qu'elle avait à son doigt ce jour-là : la pierre était d'un bel éclat, mais se distinguait aussi en ce qu'elle était taillée à la façon vénitienne. Surpris de voir la vieille dame céder à un tel mouvement de vanité que de montrer ainsi l'un de ses bijoux et de peut-être en faire valoir le prix, Casanova demeura d'abord perplexe.

« Votre silence me surprend, et je vous crois volontiers, dit alors la vieille dame, quand vous affirmez que vous ne reconnaissez point toujours vos propres enfants. »

L'incertitude de Giacomo fut portée à son comble à ces paroles dites d'un ton de légère moquerie et de familiarité.

« Pour ce qui est des filles, sans doute, admit-il. Mais non pour les diamants. »

Il observa Madame de Fonscolombe dont les yeux aveugles, mais pleins de rire et de tendresse, semblaient chercher son regard.

« Mais je pense bien être en effet le père de celui-ci, s'exclama-t-il soudain, saisi par le souvenir qui venait pour ainsi dire d'électriser son âme.

— Merci, mon tendre ami, murmura la vieille dame. Mais n'en parlons plus, et que ce secret, qui est depuis si longtemps celui de notre bonheur, reste encore à l'abri de notre propre curiosité ! »

Giacomo respecta le mouvement de pudeur de Madame de Fonscolombe et s'obligea au silence. Mais le parfum délicatement fleuri dont la vieille dame imprégnait ses cheveux gris lui rappela soudain les senteurs d'un très ancien printemps. Cette douce fragrance était demeurée secrètement dans sa mémoire, y était un peu fanée, peut-être, mais sans rien perdre de son étrange séduction, de son charme entêtant, comme des draps serrés dans une armoire s'imprègnent peu à peu d'une odeur subtile et pénétrante de lavande et de cire mélangées.

Giacomo prit la main de sa compagne et la baisa tendrement. Madame de Fonscolombe le laissa faire, souriant à la fin et disant que ses yeux, qui étaient tournés pour toujours vers le passé, lui faisaient voir pour lors un jeune homme de belle et noble figure qu'elle était enfin assurée de n'avoir pas aimé seulement en songe.

« Doutiez-vous de la réalité de ce jeune homme ?

— Il se disait chevalier, mais ne l'était point, car la nature, à défaut de la fortune, en avait fait un prince, répondit la vieille dame. Cet homme était si aimable qu'on pouvait douter s'il existait ailleurs que dans les romans qu'il faisait chaque jour.

— Voulez-vous dire qu'il mentait ?

— Ce parfait amant ne pouvait sans doute mentir que par excès de modestie. Mais j'ai craint quelquefois qu'il ne mentît aussi par bonté. Il aurait pu donner ainsi l'amour qu'il n'avait point, lui qui prodiguait volontiers l'or qu'il ne possédait pas », répondit en riant Madame de Fonscolombe.

Giacomo et Madame de Fonscolombe passèrent l'après-midi en compagnie de la princesse de Liechtenstein et du prince électeur qui leur firent grand accueil. Le prince montrait un goût prononcé pour tout ce qui était français, la Révolution elle-même ayant apporté de Versailles ou des provinces des hommes de talent qui contribuaient à la prospérité de ses Etats. La princesse de Liechtenstein, à qui son fils, le comte Waldstein, écrivait fort rarement, apprit de ses nouvelles par la vieille dame. Elle se plaignit, comme d'habitude, de voir l'héritier des Wallenstein occupé à courir l'Europe sans autre dessein ni ambition que d'acheter des chevaux. Cette passion exclusive le ravalait à ses yeux au rang des maquignons dont elle regrettait qu'il fît sa compagnie la plus ordinaire.

Le prince électeur ne connaissait Monsieur de Seingalt que pour être le fils de la belle Zanetta qu'il avait vue jadis jouer la comédie, et le frère de feu le directeur de son Académie des beaux-arts. Giacomo, que la princesse de Liechtenstein considérait par surcroît comme une sorte de domestique de son fils, rumina son amertume pendant tout l'après-midi. Affectant d'admirer les beautés du jardin à la française ou du pavillon chinois, il ne prit presque aucune part à la conversation et conserva l'allure de modestie d'un homme qui n'était que le frère de l'un, le fils de l'autre, le valet d'un troisième, et n'avait ainsi nulle existence en propre.

Le prince électeur pria Madame de Fonscolombe à son souper qui rassemblerait quelques personnes de la Cour. Il ne fut pas question de Casanova, mais il était naturel que ce monsieur, qui accompagnait Madame, eût une place à table. La vieille dame tira prétexte de son grand âge et de sa mauvaise santé pour décliner l'invitation. Le souverain lui donna le bras pour la reconduire à sa voiture. La princesse de Liechtenstein tint à lui offrir aussi son coude. Casanova marchait humblement derrière ce duo de héros aux innombrables et prestigieux ancêtres dont la réunion représentait des millénaires de noblesse. Toute la tendresse qu'il avait reçue dans sa longue vie n'avait fait de Giacomo un « prince » qu'aux yeux de celles qui l'avaient aimé. Il n'était en vérité qu'un vieil homme cheminant sans gloire vers la mort, à distance de respect de ces deux personnages qui, ensemble, avaient l'âge de la civilisation elle-même.

Dans la voiture, Madame de Fonscolombe eut pour Casanova des paroles d'estime et d'amitié propres à lui rendre une certaine idée de lui-même : éblouis de leur propre gloire et comme aveuglés par l'éclat de leur effigie sur les pièces d'or et d'argent, dit en substance la vieille dame, ceux qui gouvernent le monde n'aperçoivent plus les hommes, mais ne voient que les réputations, les titres, le plus ou moins de lustre et de fortune. Plus on s'élève par le rang, plus on devient étranger à soi-même, et peut-être à la nature humaine.

Puis, sentant son ami quelque peu rasséréné, elle poursuivit :

« La moins mauvaise des sociétés, pourtant, ne sera point la cité idéale de notre chère Pauline, où un individu sans naissance prendrait aisément le pas sur le reste de l'humanité par quelque talent supérieur, ou parce qu'il se montrerait très avisé, ou qu'il aurait tout simplement rencontré la faveur de la fortune. De tels avantages sont l'effet du hasard : ils ne durent guère, et c'est par abus qu'on prétend les transmettre à sa descendance. Le temps seul, compté en siècles, peut légitimement fonder une autorité quelconque et les privilèges qui s'y attachent. La vertu elle-même ne saurait donner un droit à gouverner les autres hommes, car, par la rigueur de ses maximes, par l'excessive simplicité de ses raisons, elle s'oppose partout à la vie même, où Dieu seul peut démêler l'éternel enchevêtrement du bien et du mal. Robespierre, qui fut sans nul doute un homme très vertueux, est devenu en peu d'années le plus sanguinaire des tyrans, et la guillotine, qui fut l'instrument habituel de ses crimes, a pu seule mettre un terme à ces mêmes crimes.

« Cette vertu-là, poursuivit la vieille dame, n'est qu'une fausse dignité dont le vulgaire se pare à défaut de la noblesse qu'il n'a pas. Elle n'est que l'instrument de l'autorité présomptueuse qu'il prétend exercer. C'est la couronne que la canaille est toujours prête à poser sur sa propre tête. C'est le masque le plus commun qu'on voit porter à l'ambition et qui, loin de la dissimuler, l'annonce à coup sûr.

« Hélas ! reconnut-elle, il est certain que la noblesse d'une personne est tout entière dans la richesse de son habit et dans la qualité de ses manières, car la noblesse, comme tout ce qui est humain, est seulement une apparence. Mais c'est une apparence vraie. La qualité de l'habit et des manières est en effet du ressort de l'homme, tandis qu'il appartient à Dieu seul de mettre dans les cœurs l'amour du bien, d'offrir une âme à ceux qui n'en ont point, et ainsi de donner sens et vérité à ce théâtre d'ombres qu'est la société humaine.

« Les usurpateurs qui oppriment aujourd'hui la France ont fait croire au peuple que la raison et l'entendement, qu'on trouve également dans tous les hommes, sont les instruments appropriés à un gouvernement juste et avisé. Croient-ils vraiment que nous sommes composés comme une montre d'un habile assemblage de rouages et de ressorts, et que de simples forces mécaniques expliquent les mouvements individuels de l'âme, ou l'esprit d'une nation et ses humeurs ?

« Je pense que les lois humaines valent moins par ce qu'elles prescrivent que par leur ancienneté. Ne condamne-t-on pas ici comme un crime ce qui, ailleurs, sera tenu pour le plus essentiel devoir ? Dans la confusion et l'obscurité où nous met le peu de connaissance que nous avons de notre propre nature, la plus grande sagesse n'est-elle pas de respecter la loi pour la seule raison qu'elle est vénérable, et la coutume pour la seule raison que c'est la coutume ? Certes, les temps anciens et leurs mœurs barbares nous ont laissé des règles iniques, des usages cruels qu'il importait d'abolir. Mais les magistrats et les juges ont d'ordinaire cessé depuis longtemps de les appliquer dans leur rigueur. Fallait-il donc bouleverser et anéantir ce qu'il convenait au contraire de parfaire ? Fallait-il abattre l'arbre qui demandait seulement à être émondé ? »

Casanova se pénétrait du sage discours de Madame de Fonscolombe. Pour toutes les grâces que lui avait jadis accordées son bon génie, pour la faculté que cet heureux temps de lumière avait offerte au fils d'un danseur et d'une comédienne de gravir tous les degrés de la société, d'en rencontrer tous les états, du plus humble au plus glorieux, d'avoir même parlé à des rois, Giacomo tenait pour peu de chose, au fond, les revers et les humiliations qu'il avait dû subir aussi. Cet homme de rien à qui son siècle avait offert, à défaut du grand destin qu'il ne méritait sans doute pas, une existence brillante et d'innombrables plaisirs, sentait qu'il était un minuscule rameau de l'arbre qu'on venait d'abattre, et qu'il était en train de mourir avec lui.

On soupa comme la veille dans l'appartement de la vieille dame. Rosier avait préparé lui-même le repas, accommodant un sandre qu'il avait vu pêcher le matin dans l'Elbe et l'assortissant d'un excellent vin blanc de Souabe. Tonka servit. Elle était d'humeur si heureuse qu'elle allait et venait comme en dansant et ne cessait de sourire aux convives, ou peut-être à la terre entière. Pauline expliqua qu'elle aurait son œil neuf avant trois jours, et que l'homme de l'art lui avait montré dans quel joli cristal bleu il serait façonné. L'abbé Dubois montrait presque autant de satisfaction que la fillette, songeant que plus rien ne manquerait à une liste de beautés qui allaient naturellement par deux et dont il ne se lassait pas de refaire le compte.

Madame de Fonscolombe pria ses hôtes de se retirer à neuf heures. Pauline resta pour la déshabiller, mais la vieille dame ne voulut pas qu'elle lui fît la lecture, et elle lui permit de se rendre avec les autres au Zwinger où l'on donnait un concert. Casanova offrit son bras à la jeune femme qui ne le refusa point. Il se plut en chemin à lui faire admirer quelques-unes des beautés de la ville, montrant aussi le théâtre où Zanetta, sa mère, avait joué la comédie pendant plus de trente ans, et expliquant comment son frère, Giovanni, avait travaillé jusqu'à sa mort, l'année précédente, à constamment enrichir les collections du souverain, grand amateur de peinture italienne. Mais les noms fameux de Botticelli, Véronèse ou Raphaël n'évoquaient rien à la belle robespierriste qui mit son ignorance au compte de l'état de servitude et d'obscurité dans lequel on avait jusqu'alors maintenu le peuple.

« Il est vrai, admit Casanova, que le peuple est privé de la plupart des bienfaits de la civilisation.

— Et pourquoi, Monsieur ? Nierez-vous qu'il s'agisse là d'une grande iniquité ?

— Sans doute, mais cette sorte d'injustice est hélas fort naturelle, comme l'est toute espèce d'inégalité. Et le devoir d'un sage gouvernement n'est pas de les proscrire par des lois dont la rigueur même contreviendrait au droit des gens. Le principal office du législateur est de maintenir la bonne intelligence entre les différentes classes qui composent une société, non d'abolir les classes. Certes, la prospérité des uns ne doit pas reposer sur la misère et la souffrance des autres, et ceux qui par leur labeur créent jour après jour les richesses d'une nation doivent percevoir le salaire de leur industrie.

« Voyez ces magnifiques statues et cette harmonieuse colonnade, poursuivit Casanova, désignant d'un ample geste du bras l'architecture somptueuse du Zwinger où la foule commençait à se presser, tandis que les musiciens en livrée du prince électeur se disposaient à donner la sérénade, voyez ces fontaines et ces cascades, voyez ces élégants pilastres couronnant les façades, et dites-moi si tout cela n'a pas été créé pour que le simple peuple, qui peut venir ici à toute heure du jour et de la nuit, reçoive sa juste part de la gloire du souverain dont il est en effet le principal artisan.

— Sans doute, admit Pauline, mais ce "simple peuple", comme vous dites, n'a point accès aux trésors véritables que le prince tient cachés derrière les hauts murs de ses palais, tout comme l'avare serre son or dans un coffre.

— Considérez plutôt les splendeurs qui nous environnent ici de toutes parts : admirez cette magnifique ordonnance, voyez ces musiciens achevant de se disposer pour nous donner leur concert ! Ce sont les fastes par lesquels le maître de cette nation remercie chaque jour le peuple pour sa constance et sa fidélité.

— Il ne lui rend ainsi qu'une faible partie de ce qu'il lui doit.

— Sachez, Pauline, que rien de grand ne peut naître de la dissémination des richesses et que les œuvres des artistes sont des fleurs nourries du fumier de l'inégalité. Supprimez les princes, les riches et les tyrans, ainsi que vous les appelez, vous supprimerez du même coup Botticelli, et Véronèse, et Raphaël !

— Que m'importe, puisque je ne les connais pas et ne verrai jamais leurs œuvres. »

Les premières mesures de la symphonie mirent un terme à la controverse. Pauline se laissa bientôt aller à l'impression délicieuse de cette musique qui semblait née de la paix régnant sous la voûte constellée. Ce moment de la nuit et ce lieu du monde venaient d'être retirés du courant tumultueux qui nous emporte tous vers notre fin.

Le lendemain, au déjeuner, Madame de Fonscolombe eut un nouvel étourdissement. On la porta sur son lit, mais elle ne se trouva pas mieux d'être étendue, éprouvant soudain un fort engourdissement qui, ayant pris d'abord le bras, se propagea dans tout le côté gauche. La vieille dame dit qu'elle voulait se confesser, puis sa respiration s'embarrassa, la tête fut prise à son tour, et quand l'abbé Dubois, s'agenouillant auprès du lit, voulut lui faire dire le *confiteor*, la malade demeura inerte et la bouche tout de travers. Giacomo comprit que son amie, qui ne donnait plus d'autre signe de vie que par la respiration, était frappée d'apoplexie.

On appela un chirurgien pour qu'il la saignât, mais l'opération ne fut d'aucune utilité : Madame de Fonscolombe gisait toujours, privée de conscience et pour ainsi dire de souffle. Au bout d'une demi-heure, Pauline revint avec un médecin qui ordonna une nouvelle saignée, mais cette seconde opération fut sans plus d'effet que la première.

Giacomo gardait toutefois espoir, ayant assisté jadis avec succès le seigneur Bragadin qui avait manqué pareillement mourir d'un coup d'apoplexie. Mais Monsieur de Bragadin n'avait alors que cinquante ans et, nonobstant le mal qui le frappait, jouissait d'une très robuste constitution, tandis qu'il semblait que l'âme de Madame de Fonscolombe, avant même ce terrible accident, ne tînt que par un fil à son corps et au reste du monde.

L'après-midi passa sans qu'aucun changement se fît dans l'état de la malade. Le médecin revint deux fois : ce sage praticien déclara que l'état de faiblesse de la vieille dame interdisait qu'on pratiquât une autre saignée ou qu'il essayât aucun des remèdes dont il usait d'habitude. Il était d'avis qu'on laissât faire la nature, aidée de la belle saison, et qu'on gardât constamment ouvertes les deux grandes fenêtres, afin de faciliter la respiration de la patiente. Casanova ne pouvait qu'approuver une prescription si exempte de violence et de danger, quoiqu'il soupçonnât le médecin d'en agir avec cette prudence pour la seule raison qu'il ne croyait pas que Madame de Fonscolombe pût vivre jusqu'au lendemain.

Pauline montra dans cette circonstance toutes les marques de la plus tendre affection pour sa maîtresse, n'osant s'éloigner de son lit, ni seulement la quitter des yeux, comme si elle avait craint de la faire expirer en l'abandonnant un seul instant.

La nuit vint. Monsieur Rosier alluma des bougies et disposa un bouillon, du pain et une bouteille de vin. Pauline ne voulut rien prendre. L'abbé Dubois s'étant assoupi dans son fauteuil au chevet de la vieille dame, on le laissa dormir. La petite Tonka manifestait tant d'effroi à la vue de la malade qu'on lui défendit de rester dans la chambre, où l'on n'avait d'ailleurs nul besoin d'elle. Pauline lui donna un demi-ducat pour qu'elle allât manger à la table d'hôtes.

Peu avant minuit, Rosier se retira. L'abbé Dubois continuait de dormir dans son fauteuil. Pauline assura à Casanova qu'elle veillerait seule sa maîtresse, lui promettant de le prévenir s'il arrivait quelque chose, mais Giacomo dit qu'il ne songeait nullement à dormir, alors que Madame de Fonscolombe pouvait mourir à tout moment.

« J'admire votre sollicitude, Monsieur, et votre attachement à une personne que vous ne connaissez que depuis peu de jours.

— Je la connais mieux que vous ne le pensez, dit Casanova. Je la connais sans doute mieux que je ne le crois moi-même.

— Il semble en effet que vous vous correspondez en tout, et vous paraissez sortis du même moule.

— C'est ce que nous ne saurons jamais, répondit mystérieusement Giacomo, car notre vie est aujourd'hui passée presque tout entière, et ce moule, qui nous fut peut-être commun, est depuis longtemps brisé. »

Pauline demeura silencieuse pendant un assez long moment, considérant avec curiosité le vieil homme assis vis-à-vis d'elle. A la fin, elle dit :

« Je comprends que Madame de Fonscolombe ait de l'amitié pour vous, et je vous prie de me pardonner, si vous le pouvez, mes insolences et mes mauvais procédés. Vous m'aurez enseigné au moins une chose, Monsieur, c'est qu'on peut être un homme sage et profond tout en ne considérant que le peu d'importance des autres humains, la futilité de leurs actions et l'inutilité de leurs œuvres. Mais c'est aussi un grand malheur, et je vous plains. »

Casanova sourit à ces paroles dont la candeur le touchait. Il répondit qu'il n'était pas à plaindre, car il n'avait jamais passé un jour de sa vie sans aimer ou être aimé, et à ses yeux l'amour seul donnait du sens à ce qui n'en a point.

Un peu avant l'aube, Madame de Fonscolombe fut prise d'une grande effervescence à la tête qui la mit tout en feu et lui donna des convulsions terribles. L'abbé Dubois s'éveilla en poussant un cri d'effroi, tandis que Pauline et Casanova se précipitaient pour tâcher de maintenir la malade et l'empêcher de se rompre les os par les mouvements furieux qui l'agitaient.

« Je veux bien qu'il y ait un Dieu, si ce Dieu la sauve », s'écria Pauline, comme malgré elle.

Or cette crise ne dura pas plus d'une minute et, en dépit de son aspect effrayant, elle fut sans doute salutaire, car la vieille dame demeura ensuite tranquille et put à nouveau respirer à l'aise, livrée à un sommeil profond et paisible.

Giacomo retourna dans son fauteuil, tandis que Pauline réparait le grand désordre que les convulsions avaient mis dans le lit et sur le linge de la malade.

Puis la jeune femme vint se rasseoir vis-à-vis de Giacomo qui lui sourit et, mouchant les bougies du chandelier, dit sur un ton de légère moquerie :

« La nuit est finie, Pauline, et Dieu va peut-être bien exister aujourd'hui.

— Comme Il existait hier, proféra l'abbé, se levant pour aller se coucher, et comme Il existera demain.

— A chaque jour suffit sa peine, dit Pauline, retrouvant son goût pour la moquerie.

— Et comme Il existera encore après la fin des temps », répliqua l'abbé.

Madame de Fonscolombe sortit de sa léthargie vers le milieu de la matinée, proférant d'abord des mots sans suite, comme il arrive qu'en prononce une personne qui parle dans son sommeil. Puis elle s'éveilla tout à fait, exprimant de la façon la plus claire toute sa surprise d'être encore en vie. Pauline se jeta auprès du lit, prenant les mains de la malade qu'elle couvrit de ses baisers et de ses larmes, et remerciant la fortune de lui avoir rendu sa chère maîtresse.

« Remerciez plutôt le Ciel, ainsi que vous avez promis cette nuit de le faire, dit Casanova, s'approchant à son tour.

— Si vous voulez, oui ! dit Pauline, mêlant le rire aux larmes. Qu'importe le créancier, je veux bien de cette dette-là ! »

Madame de Fonscolombe prit un peu de café. Pauline dut aider la malade à boire, lui soutenant la tête et veillant à ce qu'elle ne versât point sur elle-même le contenu de la tasse. Puis la vieille dame s'endormit à nouveau d'un sommeil profond.

Pauline et Casanova restèrent auprès d'elle. Ils ne voulurent pas la quitter de tout le jour, car ils craignaient une nouvelle crise ou quelque autre dangereuse évolution de la maladie. Ils passèrent tout ce temps à bavarder comme des amis ou comme un père avec sa fille. La nuit qui venait de se passer était pour ainsi dire un voyage qu'ils auraient fait ensemble, une longue navigation sur un bateau où ils eussent été obligés de se rencontrer sans cesse en prenant garde à ne point se heurter. Ils en conçurent l'un pour l'autre de l'estime, ayant appris qu'ils étaient tous deux capables de sentiments humains, malgré les efforts qu'ils déployaient d'habitude pour se les cacher mutuellement.

« Je vous sais gré de l'amitié que vous me montrez, répéta Pauline, quoique nous professions des opinions très opposées.

— L'âge et le temps vous enseigneront que l'homme ne saurait être tout entier dans ses opinions, pas plus qu'on ne saurait déposer une âme par écrit dans un livre, et encore moins y consigner toute une vie.

— N'est-ce pourtant point ce que vous faites en écrivant vos Mémoires ?

— Ces pages sont un miroir où j'ai la faiblesse de me regarder souvent. Mais il n'y a dans les miroirs que des images, et non la créature elle-même qui s'y reflète.

— Il est donc inutile d'écrire, puisqu'on ne trouve ainsi dans les livres que des apparences.

— Mais l'homme est tout entier voué aux apparences. Il ne se connaît pas lui-même, quelque effort qu'il y consacre.

— Il n'y a donc pour vous de vérité nulle part, ni dans les livres, ni ailleurs.

— Nulle part au monde, en effet, car le monde même n'est qu'une apparence, un rêve d'une grande vraisemblance, mais pourtant très éloigné de toute vérité, car toute sa consistance lui vient du fait que nous ne saurions nous en évader, comme le ferait un dormeur, en nous éveillant un jour.

— Vous ne croyez donc pas à un autre monde ?

— Je sais seulement qu'il ne serait à son tour qu'une autre apparence. »

La nuit était tombée quand Madame de Fonscolombe sortit de son long sommeil. Pauline l'aida à se mettre sur son séant. La malade voulut du bouillon et du vin.

S'étant restaurée, elle dit à Pauline qu'elle n'avait plus besoin d'elle et qu'elle souhaitait parler seule à seul avec le chevalier.

Celui-ci approcha un fauteuil de la tête du lit pour écouter la vieille dame dont le souffle était encore si faible qu'il se confondait avec la brise tiède entrant par les fenêtres.

« Mon cher Jacques, murmura-t-elle, tu n'as pas déçu le souvenir que je conservais depuis cinquante ans comme le plus précieux des trésors, et tu es toujours aussi cher à mon cœur. »

Casanova prit la main que lui tendait Henriette et la serra dans les siennes. Les deux vieillards demeurèrent ainsi, retenant leurs larmes.

« Cependant, reprit-elle en souriant, tu ne m'as point reconnue avant que je te livre, il y a deux jours, un indice qui t'a dévoilé toute mon âme. Es-tu donc plus aveugle que moi, mon malheureux ami ? Avais-tu oublié Henriette ?

— Je n'avais rien oublié, assura Giacomo. Ni toi, ni ces tristes mots gravés par ton diamant sur le verre de notre fenêtre, en ce jour fatal où nous avons dû nous séparer à jamais. »

Il sortit de son gousset une feuille de papier très fin, jauni par le temps, qu'il déplia avec précaution, faisant apparaître des lignes d'une écriture régulière et déliée.

La vieille dame prit la lettre, la palpa longuement et parut pour ainsi dire la déchiffrer avec les doigts. Mais Casanova se rappelait chacun des mots qui, pendant un demi-siècle, avaient constamment éclairé son existence, le guidant dans la nuit profonde de son scepticisme.

S'étant transporté dans cet heureux passé où ses plaisirs et ses chagrins avaient comme la beauté de l'innocence, le vieil homme se pencha, couvrant de baisers le visage d'Henriette où le regard était voilé pour toujours, une longue solitude ayant recouvert son âme d'une épaisse couche de neige. Puis, dans un murmure, il dit de mémoire : « *C'est moi, mon unique ami, qui ai dû t'abandonner, mais n'augmente pas ta douleur en pensant à la mienne. Soyons assez sages pour nous imaginer que nous avons fait un agréable songe, et ne nous plaignons pas de notre destin, car jamais songe délicieux n'a été aussi long. Vantons-nous d'avoir su nous rendre parfaitement heureux pendant trois mois de suite : il n'y a guère de mortels qui puissent en dire autant. Ne nous oublions jamais, et rappelons souvent à notre esprit les instants heureux de nos amours pour les renouveler dans nos âmes qui, quoique séparées, en jouiront avec tout autant de vivacité que si nos cœurs palpitaient l'un sur l'autre. Ne t'informe pas de moi, et si le hasard te fait parvenir à savoir qui je suis, ignore-le toujours. Je te ferai plaisir en t'informant que j'ai si bien mis ordre à mes affaires que je serai pour le reste de mes jours aussi heureuse qu'il peut m'être donné de l'être, privée de toi. Je ne sais pas qui tu es, mais je sais que personne au monde ne te connaît mieux que moi. Je n'aurai plus d'amant de ma vie, mais je souhaite que tu ne penses pas à m'imiter. Je désire que tu aimes encore et même que ta bonne fée te fasse trouver une autre Henriette. Adieu, adieu.* »

Ayant écouté, la vieille dame demeura longtemps silencieuse. Elle effleura des lèvres la tremblante feuille de papier qui contenait toute son âme, puis la rendit à Casanova.

« Ainsi, mon ami, nous n'aurons été chacun qu'une sorte de rêve que l'autre faisait.

— Mais certains rêves suffisent à remplir toute une vie, affirma Giacomo.

— Toute une vie, vraiment ? interrogea Madame de Fonscolombe. N'as-tu pas rencontré cette autre Henriette que je te souhaitais de trouver ?

— La voici à nouveau devant moi, et elle n'est point autre.

— Hélas ! Le ciel m'a peut-être accordé la grâce de perdre la vue pour que je n'aie jamais à regarder celle que je suis devenue.

— Mais moi, chère Henriette, qui suis-je aujourd'hui ? Quel homme se cache sous le masque répugnant que la vieillesse a posé sur mon visage ? Qui sait si mon âme n'est pas plus détestable encore que ma figure ?

— Je ne connais pas ton nouveau visage, mais l'obscurité dans laquelle je me trouve n'est pas vide. Elle est vivante comme ce beau ciel d'été dont je sens le souffle par la fenêtre ouverte. Elle est pleine de toi, et, chaque nuit depuis notre première rencontre, mon amour y a fait palpiter une nouvelle étoile.

— Je ne doute pas de ton amour, ma chère Henriette, ni que tu ne préfères à la simple et triste réalité ce songe délicieux que nous avons fait ensemble et que nous poursuivrons jusqu'à notre dernière heure. Mais tu ne saurais répondre de mon âme sur des vertus dont ta tendresse seule a constellé pour moi le ciel même.

— Ne l'as-tu pas dit à l'instant : la vieillesse pose sur nos visages de hideux masques de carnaval. Elle couvre nos corps d'ulcères. Parfois elle ronge notre âme elle-même, et l'amertume, le regret, l'envie infectent progressivement nos plus grandes vertus et nos sentiments les plus nobles. Mais ceux qui ont aimé comme nous avons eu le bonheur de le faire sauront toujours résister à ses grimaces et à ses mensonges. Tu m'as jadis enseigné, mon cher Jacques, qu'il n'est d'autre sagesse sur terre que celle qui nous porte à faire le bonheur de l'être aimé, ni d'autre vérité que l'idée que nous nous forgeons de ses grâces et de ses vertus.

— Tu as donc fait tiennes, pendant cinquante ans de ta vie, les maximes d'un libertin, remarqua en souriant Casanova.

— Je te suis demeurée fidèle, comme je te l'avais promis, et cette fidélité m'a constamment emplie de bonheur. Tu ne m'as jamais quittée, mon unique ami. Est-ce là ce qu'on appelle "libertinage" ?

« T'ayant retrouvé, je ne demande plus à la vie que de m'accorder le bonheur de retourner enfin dans mon pays, car je voudrais m'éteindre dans le lieu qui m'as vue naître.

— Et parmi les tiens, ajouta Casanova.

— Tous les miens sont en cet instant même devant moi, murmura Henriette : toi seul pouvais m'apporter ce dernier moment de bonheur !

« L'homme que je fuyais lorsque tu m'as rencontrée en Italie, et qui était mon mari, est mort depuis longtemps. Il ne m'avait contrainte à revenir que pour que je fusse à nouveau la mère des deux enfants que j'avais hélas commis le crime de lui abandonner. Il a bien voulu ensuite ne plus me considérer comme son épouse, et c'est le seul trait d'humanité que m'a jamais montré cet être vil et brutal.

« Mes enfants et mes petits-enfants se sont établis selon leur rang, et si Dieu ne leur a pas épargné toutes les souffrances qui se sont abattues sur notre pays, du moins leur a-t-Il laissé la vie. Plusieurs sont partis pour l'Amérique, et je ne les reverrai pas en ce monde. Pour les autres, il m'importe seulement de penser qu'ils mènent une existence honorable et, jusqu'à aujourd'hui, exempte de malheur.

« Je vais bientôt te quitter, mais ce sera cette fois pour peu de temps, car nous nous retrouverons bientôt, tu le sais, dans un monde où plus rien ne nous séparera jamais : aussitôt que j'en aurai la force, je retournerai en France où je veux que mon corps ait sa sépulture, mais sois certain que mon cœur restera ici, près de toi, attendant que Dieu nous unisse pour toujours.

« Je sais que tu ne crois guère en l'éternité de l'âme, et tu m'as souvent affirmé que la vie n'est qu'un songe. Je ne te contredirai point, mon ami, n'ayant pas plus que toi la connaissance de l'éternel secret. Mais je sens que notre existence terrestre ne saurait être le dernier rêve que nous faisons. »

Henriette et Giacomo demeurèrent ensemble jusqu'au milieu de la nuit, exprimant leur amour par les plus tendres paroles, ou par le silence de recueillement où les portait la plénitude de la passion. Puis ce calme bonheur emporta sur ses ailes la vieille dame qui, insensiblement, s'endormit. Casanova posa un dernier baiser sur son front et s'en alla.

Madame de Fonscolombe retrouva en peu de jours l'apparence de la santé. Nul n'apprit ni ne put soupçonner ce qu'elle-même et le chevalier de Seingalt s'étaient dit cette nuit-là.

La convalescente ordonna les apprêts de son retour en France, sans montrer de hâte, mais sans y mettre de retard non plus, car elle sentait que ce voyage-ci ne saurait se différer longtemps. Elle dicta quatre lettres : l'une était pour son banquier de Londres. La deuxième était destinée à son notaire d'Aix-en-Provence, s'il vivait encore, ou à tel autre homme de loi qu'elle confiait à la sagesse de Pauline le soin de désigner. Les deux dernières lettres s'adressaient à Monsieur de M. et à Madame de C. qui habitaient La Nouvelle-Orléans.

Pauline eut pour mission de garder les quatre lettres sur elle et de faire qu'elles parvinssent toutes, en cas que sa maîtresse n'arriverait pas à sa propre destination.

Toinette eut son œil neuf, d'un azur encore plus éclatant et pur que le bleu de son autre œil. Casanova lui offrit un petit miroir à main, afin qu'elle pût se regarder aussi souvent qu'il lui plairait : dans les premiers jours, on la vit tenir toujours le miroir devant sa figure et se cogner partout, puisque, parmi tous les objets qui se rencontrent ici-bas, elle ne voyait plus qu'elle-même.

L'abbé Dubois dit en secret ses habituelles actions de grâce, obséda la fillette de ses lourds compliments, et convint même avec Pauline que l'organe que Toinette devait à l'art de l'oculiste était d'un bleu plus vif et d'une forme plus parfaite que l'œil que lui avait donné Notre Créateur.

Quatre jours après la dangereuse crise qui avait failli emporter Madame de Fonscolombe, les deux berlines quittèrent Dresde et regagnèrent le château de Dux où la vieille dame jugea qu'elle ferait bien de se reposer encore une semaine. Quoique Giacomo eût présagé qu'elle vivrait encore de nombreuses années, elle ne voulait retourner chez elle que pour y mourir, mais le chemin qui la ramènerait en France était long et hasardeux.

Les deux amants se promirent que le premier qui sentirait venir son heure préviendrait l'autre par une lettre où il ne serait point question d'adieu, mais seulement du bonheur qui allait venir. Henriette ajouta qu'il ne recevrait pas cette lettre par Pauline, qu'elle voulait laisser dans l'ignorance de leur secret, mais par Monsieur Rosier qui était depuis quarante ans son fidèle serviteur et pour ainsi dire son *alter ego*.

« Ce brave homme n'est en effet qu'une sorte d'ombre, dit Casanova. On ne l'entend ni parler ni même respirer, on se demande toujours s'il est ici ou s'il ne voyage pas dans un autre pays, mais, sans qu'il y paraisse, il se trouve à portée de regard ou de voix et se tient prêt à vous servir en effet : cet homme aura vécu près de vous comme dans le trou du souffleur.

— C'est aussi qu'il connaît comme personne la comédie que fut ma vie. Il en sait chaque mot mieux que moi-même. Il sait sans nul doute ce que vous êtes pour moi, mon tendre ami.

— Vous le lui avez donc dit ?

— Ai-je besoin de dire à mon ombre où je me trouve ?

— Il y a ici de l'amour, ou c'est que j'ignore ce que ce mot veut dire.

— Cet homme est simplement là où je suis.

— Plaise au Ciel que les ombres ne soient pas susceptibles de chagrin, de dépit ou de jalousie ! »

Pauline n'eut plus à repousser les entreprises de Casanova que son amour retrouvé pour Henriette éloignait de toute autre femme. Pour la première fois il consentit à la vieillesse, ayant découvert qu'elle était aujourd'hui sa plus véritable amie, car elle avait le visage, la voix et la douceur de Madame de Fonscolombe. En elle, Giacomo chérissait tout, même ses yeux aveugles et laiteux qui ne semblaient occupés, comme les yeux des statues, qu'à considérer l'éternité.

Deux soirs avant la date fixée pour le départ, comme elle se trouvait seule avec Pauline et Casanova, la vieille dame revint, mi-sérieuse, mi-plaisante, sur le chapitre des amours de Mademoiselle Desmarets et du chevalier de Seingalt. Ce dernier assura qu'il avait perdu son pari, étant moins disposé que jamais à devenir jacobin, et il ajouta tout crûment qu'il ne souciait plus ni de la compétition ni de son enjeu.

« Ainsi, ma chère Pauline, commenta la vieille dame, la gloire vous revient d'avoir résisté au plus infaillible séducteur qu'il vous aura été donné de connaître. Mais je ne sais si je dois vous en féliciter, car il est resté, jusque dans son grand âge, le plus charmant des hommes, et il demeure à jamais le plus profond des philosophes, ayant eu la sagesse de commettre toutes les folies que le hasard proposait à sa curiosité.

— Vous ne me demandez pas, remarqua la jeune femme, si je n'ai pas, moi aussi, perdu ma propre partie.

— Auriez-vous donc répudié vos convictions

robespierristes ? affecta de s'étonner Madame de Fonscolombe, le fait serait remarquable et digne d'entrer dans les annales.

— Ma conversion, Madame, est pourtant très véritable, quoique fort peu digne de figurer sur les tables de l'Histoire. Mais je peux assurer Monsieur Casanova que j'ai pour lui toute l'amitié du monde et une tendresse dont je suis prête, s'il le veut encore, à lui fournir les preuves les plus tangibles. »

Cette révélation si peu attendue fit l'effet du tonnerre : Giacomo demeura la bouche entrouverte, ne sachant que dire, lui dont le désir, en vérité, ne cherchait peut-être plus que le plaisir de la controverse et l'aiguillon de la résistance.

Madame de Fonscolombe se retint de rire, tandis que se prolongeait le silence de perplexité de son ami, mais elle sentait dans les paroles de la jeune femme une ardeur nouvelle qui n'avait plus rien de farouche. « Allons, Monsieur, dit-elle à la fin : laisserez-vous sans réponse le candide aveu d'un amour que vous avez si bien mérité d'obtenir ? »

Puis, se penchant à l'oreille de Giacomo de manière à n'être entendue que de lui, elle ajouta : « Offrez à Pauline le moment de bonheur qu'elle vous demande ! Vous le donnerez aussi à Henriette. Deux femmes vous aimeront cette nuit, et sachez que l'une, même loin de vous, ne sera pas moins comblée que l'autre ! »

Madame de Fonscolombe arrêta que Pauline et Giacomo dîneraient en tête à tête dans la chambre de Giacomo. Monsieur Rosier aurait à relever ses sauces de manière à mettre les deux athlètes dans les meilleures dispositions. Une profusion de vins fins et de liqueurs les porterait à renouveler leurs exploits jusqu'à l'épuisement de leurs forces.

Tous ces arrangements reçurent l'approbation de Pauline, que leur peu de secret ne rebutait nullement, car elle voulait bien soutenir les assauts de son adversaire sous les yeux de l'humanité entière, jusqu'aux cuisines même où l'on fut avisé du combat qui se préparait : Casanova songea que la ci-devant jacobine n'eût peut-être pas refusé à l'abbé Dubois sa loge dans l'armoire.

Mais Giacomo marquait quelque hésitation à exposer son triomphe à une telle publicité, et il fallut que la vieille dame lui rappelât que le chevalier de Seingalt en usait autrefois avec plus d'audace et professait que l'amour et le jeu sont des circonstances où une dette ne saurait connaître de prescription.

A neuf heures, donc, il prit congé de Madame de Fonscolombe qui, à nouveau, lui recommanda de mélanger le souvenir d'Henriette aux mets et aux liqueurs du souper, et de retrouver dans les bras de Pauline les délices de leur jeunesse. « Soyez-moi fidèle, dit la vieille dame, en étant fidèle à la passion que vous avez su prodiguer à tant de femmes, sans qu'aucune eût jamais senti que votre ardeur en fût diminuée. »

Casanova trouva dans sa chambre un plateau couvert d'un repas froid dont l'ordonnance correspondait parfaitement aux voluptueux entractes d'une comédie amoureuse. Deux flambeaux illuminaient ce festin, tandis qu'un autre chandelier éclairait l'alcôve, de sorte que les scènes qui allaient se jouer ici ou là fussent répétées partout en ombres chinoises.

Pauline frappa au battant quelques minutes plus tard, et entra, vêtue seulement d'une chemise de gaze plus légère et transparente que le plus délicat ouvrage de dentelle, et ne demandant aucun ornement que celui des beautés naturelles de la jeune femme. Giacomo la trouva si jolie dans son négligé qu'il la désira soudain jusqu'à en avoir peur.

Comme toute femme, Pauline savait l'art d'irriter les sens d'un amant en lui laissant deviner ses charmes à travers un voile, se rendant alors pareille à une estampe licencieuse sous le papier de soie qui la recouvre dans l'album. Mais la simplicité de son maintien, son allure franche et dépourvue de cette coquetterie, de ces artifices gracieux que les femmes emploient aussi pour séduire, laissaient à la petite Lacédémonienne son air de vertu farouche.

Pauline savait dévêtir son corps, mais non point son visage. Elle avait si peu quitté son expression habituelle de fierté que Giacomo lui en fit d'abord la remarque : « Etes-vous venue à cause de quelque désir qu'enfin je vous aurais inspiré, ou bien votre visite ne serait-elle qu'un défi lancé à vos propres sentiments ? Si vous n'avez décidément pas de goût pour moi, chère Pauline, je ne saurais être si lâche que de jouir de vos faveurs.

« Je veux bien que vous n'ayez pas d'amour pour

moi, j'en serais même flatté, car un homme de mon âge peut encore inspirer de la tendresse à une jeune femme, quoi qu'on en dise, mais il ne saurait guère lui donner l'idée d'un caprice, et je mesure la valeur d'un désir à sa rareté.

— Je ne vous aimerai donc point, dit la jeune femme dans un sourire, car j'aurais trop peur de blesser votre amour-propre en vous montrant un sentiment trop commun. Mais votre vanité même, votre égoïsme, votre désinvolture me donnent pour vous une espèce de tendresse. En vérité, vous êtes profond dans la futilité, sérieux dans la moquerie, philosophe dans vos folies, et toutes ces contradictions dont vous êtes pétri me portent à la curiosité. Voilà, Monsieur Casanova, d'où me vient la fantaisie de coucher avec vous. Je veux jouir de vos caresses, ayant maintenant assez ri de vos sophismes. Je veux les preuves les plus concrètes de la passion que vous m'avez exposée par de si nombreux et touchants discours. Mais, cette fois, vous ne me paierez pas de mots, car le vrai langage du plaisir, que je sache, ne connaît d'autre partie de la grammaire que celle qui accorde le genre masculin au féminin, et réciproquement.

— J'en conviens, ma chère Pauline : c'est en effet une bien étrange grammaire que celle qui veut absolument que les genres se confondent, et, pour n'avoir qu'une seule règle, l'art d'aimer est bien plus subtil et complexe que celui de la rhétorique.

— Point d'art, s'il vous plaît, et point de rhétorique », demanda de nouveau Pauline.

Ces paroles furent dites d'un tel ton de défi que Casanova s'interrogea soudain, balançant s'il devait attribuer l'impatience de la jeune femme à l'impétuosité de ses désirs, ou si, tout bonnement, elle ne souhaitait pas éprouver l'ardeur du vieillard qui, depuis un mois, prétendait la posséder. Or cette dernière pensée le laissait ferré à glace.

« Soupons d'abord, proposa-t-il, s'efforçant de sourire. Nous opérerons ensuite le grand œuvre.

— Non pas ! Je suis à vous, Monsieur, et j'entends soutenir votre premier assaut sans plus attendre. Puis nous nous restaurerons, et je ne vous accorderai cette trêve qu'afin que votre second assaut m'épuise à son tour d'une volupté aussi complète. »

S'étant approchée de la cheminée qu'éclairait vivement l'un des flambeaux, Pauline dégagea ses épaules du voile de la chemise qui se répandit doucement à ses pieds, révélant tour à tour une gorge menue, mais d'une rondeur sans défaut, une taille qu'aucun corset n'aurait su rendre plus fine, des hanches dont l'évasement annonçait le délicieux roulis des grandes traversées amoureuses, des jambes parfaitement fuselées dont le marbre blanc ne servait peut-être qu'à soutenir l'ardent porphyre du chapiteau de la volupté.

Pauline avait tout ce qu'un homme peut désirer trouver dans une femme, et pourtant Casanova resta comme paralysé par la révélation trop entière et trop soudaine de toutes ses beautés. Si elle avait été coquette, il aurait pu imaginer cette apparition calculée à dessein pour irriter ses sens. Mais Pauline ne connaissait pas ces ruses. Elle avait l'innocente vanité de se croire assez belle pour s'offrir sans obstacle et dans l'état de nature.

Comme il demeurait immobile, non point indifférent mais subjugué, incapable de la moindre entreprise, Pauline lui demanda : « Eh bien, Monsieur, n'avez-vous pas ce que vous désiriez ?

— Votre beauté me pétrifie, Pauline, répondit Casanova.

— Suis-je donc une gorgone ? »

Elle s'approcha de Casanova et prit dans ses bras le malheureux vieillard qui demeura sans mouvement, absorbé dans la pensée que la violence même de son désir allait interdire la consommation du sacrifice : la nudité de cette Vénus sortant du bain et ruisselant de la lumière tremblante des bougies présentait un spectacle trop délicieux et donnait l'idée d'une perfection si complète qu'elle excédait l'appétit même le plus démesuré, l'exaspérant vainement au lieu de savoir le rassasier.

Pauline entraîna vers l'alcôve l'infortuné séducteur que son propre triomphe accablait soudain. Elle se jeta sur le lit en offrant, dans la position où la mettait son parfait abandon, la vision de ses formes les plus délicieuses.

« Qu'avez-vous ? demanda-t-elle encore. Vous semblez transi de froid. Allons, venez, couchez-vous ! »

La possession de Pauline marquerait la dernière victoire de l'amour dans une vie rendue à son terme : entre ses bras, Giacomo ferait ses adieux à la volupté.

Or ils restèrent enlacés deux heures durant, leurs lèvres collées sur leurs bouches, mais sans aucun mouvement. Pauline embrassait un spectre : Giacomo n'était plus en proie qu'à l'horreur de lui-même.

La jeune femme ne disait rien. La modestie ou la fierté, à moins que ce ne fût la politesse, l'empêchaient de se plaindre. Elle s'efforça d'abord de ressusciter par ses caresses cet arbre de vie dont la sève avait comblé Henriette, Marton, Armeline, Léa, la petite Corticelli qui avait treize ans et n'en montrait que dix, ou la riche Madame d'Urfé, en dépit de ses soixante ans. Combien de femmes de toutes conditions et de tous pays, presque toutes belles, mais parfois d'une laideur divertissante, comme cette bossue d'Avignon, avaient joui de lui jusqu'à l'épuisement ? Combien avaient demandé grâce, rendues de volupté, à cet homme dont la puissance amoureuse tenait du prodige ? Or le plus grand miracle était qu'il possédait jusque dans l'ultime fureur du plaisir cette délicatesse de goût qui est propre à l'autre sexe : il se rendait le complice des désirs les plus secrets de la créature qu'il envoûtait en la connaissant pour ainsi dire mieux qu'elle-même. Mais, aujourd'hui, le chêne s'était abattu sous la hache du Temps et venait de disparaître pour toujours dans l'abîme glacé du siècle révolu.

Giacomo fit alors tout ce qu'un connaisseur peut faire pour donner l'illusion du plaisir au charmant objet qu'il frustrait. Il aurait voulu la persuader qu'il n'éludait ses désirs que par délicatesse, mais Pauline montrait assez qu'elle ne demandait pas de tels égards. Mortifiée sans doute par l'idée qu'aux yeux de Casanova ses attraits ne valaient pas les frustes appas de Tonka ou les charmes surnaturels d'Eve la magicienne, Pauline se mit en devoir de détruire le funeste enchantement par tous les moyens que sait inspirer une passion portée à la rage, et qui sont d'ordinaire immanquables. Mais ses efforts furent en pure perte. Découragée, avilie et les pleurs dans les yeux, Pauline abandonna la partie. Elle quitta Giacomo sans lui rien dire, et le laissa seul pendant les deux ou trois heures qui devaient s'écouler avant le retour de l'aurore.

Humilié, en proie à une amère lassitude, Casanova appela vainement un repos réparateur. Mais la nature, qui lui avait refusé le pouvoir de ressusciter, lui enlevait aussi la faculté de se donner un sommeil qu'il eût voulu semblable à la mort.

A la pointe du jour, il quitta son lit de Procuste, s'habilla et, ayant retrouvé une énergie entière et bien inutile, il s'en alla dans le parc chercher le calme que lui donnaient d'habitude ses longues promenades solitaires. Il marcha deux heures, allant à grands pas, s'invectivant lui-même à haute voix comme le font les insensés, mais sans pouvoir trouver cette heureuse fatigue qui, seule, l'aurait délivré de lui-même.

Il rentra et alla aussitôt dans sa chambre où il demeura tout le jour. Il ne se rendit pas à déjeuner chez Madame de Fonscolombe, craignant ses questions, ou, pis encore, son silence de discrétion. Quant à Pauline, il eût souhaité ne jamais la revoir, n'étant que trop certain qu'il ne rencontrerait plus chez elle que cet air de mépris qui lui était habituel et qui, désormais, ne serait plus sans motif.

Il venait de s'endormir enfin lorsque la porte de sa chambre s'ouvrit soudain, poussée par l'abbé Dubois qui paraissait hors de lui, gesticulant comme si sa soutane était en feu, et poussant des cris effroyables. Ses yeux semblaient tout près de jaillir de leurs orbites et ses longs bras tournoyaient comme les ailes d'un moulin. Cette nouvelle victime de Nessus se jeta sur Giacomo, le saisissant aux épaules pour l'embrasser à l'étouffer. Or Casanova ne sut d'abord démêler ce que lui voulait le padre, qui continuait à invoquer tous les saints et se tordait comme Damiens sur la roue, sans pouvoir faire sortir le moindre sens de toute cette agitation.

« Allez-vous dire à la fin ce que vous voulez ? s'écria Giacomo.

— Donnez-moi vingt louis, supplia l'abbé, autrement je serai au désespoir et je suis capable de me tuer.

— Demandez-les à Madame de Fonscolombe qui croit que votre vie vaut ce prix.

— Elle voudra savoir quel usage je ferai de son argent, et je ne puis le dire.

— Alors, volez-le-lui à la quadrille !

— Vous vous moquez, et je vois bien que vous me laisserez mourir.

— Ma propre vie m'est suffisamment à charge, dit Casanova d'un ton radouci et s'adressant plutôt à lui-même qu'au furieux qui s'évertuait dans la chambre, tourbillonnant et bourdonnant comme les mouches au plafond.

— Sans ces quelques louis, nous devrons partir à pied en demandant l'aumône, dit celui-ci dans un sanglot.

— De qui parlez-vous ?

— De moi, hélas ! De nul autre que moi, et de Tonka, cet ange dont je veux faire mon épouse.

— Mais vous êtes prêtre !

— Je veux l'emmener à Genève, car là-bas, m'a-t-on dit, les prêtres se marient en se faisant calvinistes. »

Après cet aveu, Dubois cessa de s'agiter et tomba dans un fauteuil, hors d'haleine, pareil à un automate dont le ressort est détendu. S'étant assis sur le bord du lit, Casanova le considéra un moment, n'osant rire de l'odieux projet de cette crapule en soutane, et ne trouvant d'ailleurs nulle objection à lui opposer, car il présumait que sa propre déchéance n'était plus très éloignée de celle du ci-devant réfractaire.

« Je ne possède pas vingt sequins, dit-il enfin. Je suis moi-même au rang des gueux.

— Je vous en supplie, insista le ridicule personnage : n'êtes-vous pas homme à comprendre ma faiblesse ?

— Laissez-moi ! dit enfin Casanova d'un ton de colère. Laissez-moi et sortez ! Autrement, je pourrais bien vous étrangler ! »

S'étant délivré du drôle, il se leva et fit une brève toilette : il ne pouvait différer davantage de s'exposer aux yeux d'Henriette, et sans nul doute à sa pitié. L'amour qu'elle lui portait depuis cinquante ans demandait qu'il ne lui dissimulât rien de l'affreuse vérité de sa condition présente : la nature l'avait privé de ses forces mais non point de désirs. Elle lui avait pareillement enlevé ses dents, mais non point l'appétit : il n'était plus ainsi, à ses propres yeux, que la plus abjecte des créatures, une sorte de cadavre grouillant de pensées lascives qui l'habitaient encore et dévoraient ses viscères. Leur espèce d'agitation contrefaisait les mouvements de la vie mais n'annonçait à la vérité que la décomposition de ses organes.

Il se rappela aussi une certaine visite que lui avait faite dans la ville de Gênes, trente-quatre ans plus tôt, son jeune frère Gaëtano. Comme l'abbé Dubois, ce vaurien était prêtre, affublé d'une jeune et naïve créature qu'il prétendait épouser, et il avait pareillement demandé à Giacomo l'aumône de quelques sequins pour se rendre à Genève en poste et se marier chez les réformés.

Or la vie ne saurait se répéter : dans sa course toute droite vers notre fin, elle ne passe jamais deux fois par le même lieu, se hâtant d'accomplir son seul dessein qui est de nous renvoyer au néant, d'où elle nous a tirés pour rien et comme par mégarde.

Casanova possédait en cet heureux temps et l'or et la sève : il avait donné les sequins à son frère et gardé la fille, Marcoline, une Vénitienne dont il avait partagé les faveurs avec Annette, sa maîtresse d'alors, et avec une prétendue nièce qui secondait volontiers Annette dans son office amoureux. Giacomo appréciait par-dessus tout le spectacle du badinage le plus libre entre filles, et ne dédaignait pas d'apporter sa contribution à leurs amusements, étant capable d'affronter sans faiblir les désirs de trois nymphes à la fois, pourvu que le lit fût aussi grand que son propre appétit.

Hélas, de pareils souvenirs, réveillés et comme ressuscités par l'écriture, ne lui apporteraient plus désormais qu'une funeste mélancolie !

S'étant habillé, il s'assit à la petite table où le chandelier éteint semblait rongé plutôt que recouvert par les coulures de cire figurant à ses yeux les ulcères et les scrofules qui dévorent les membres des vieillards. Il prit une plume et jeta sur une feuille de papier ces quelques lignes :

... Après avoir fait avec ma nièce une assez longue promenade en mer dans une barque à voiles, et avoir joui ensemble d'une de ces soirées délicieuses qu'on ne trouve, je crois, que dans le golfe de Gênes, quand, sur une nappe transparente comme un miroir argenté par le reflet de la lune, on se sent inondé des parfums que le zéphyr butine sur la côte, que l'on sait être couverte d'orangers, de citronniers, d'aloès, de grenadiers et de jasmin, nous rentrâmes au logis, sages mais les sens disposés aux plus voluptueuses émotions. Et, comme je n'osais rien attendre encore de ma belle compagne, ayant besoin de distraction, je demandai à Annette où était la Vénitienne. Elle me dit qu'elle s'était couchée de bonne heure, et je passai tout doucement dans sa chambre, n'ayant cependant d'autre intention que de la voir dormir. La lueur du flambeau la réveille, elle me voit et n'est point effrayée de mon apparition...

Giacomo laissa tomber soudain sa plume dont l'encre se répandit sur les derniers mots, mais il n'y prit pas garde. Les lignes qu'il venait de tracer pouvaient bien disparaître aussitôt qu'écrites, puisque tout s'efface pareillement et que, aussi vif qu'il soit, le bonheur d'avoir été ne nous porte qu'à concevoir et sentir que nous ne sommes plus.

Il demeura ainsi pendant plusieurs minutes, comme privé de vie, ou n'ayant plus d'autre existence que par l'idée de sa propre fin. Puis il se leva, puisqu'il est écrit que Lazare doit ressusciter et attendre à nouveau le jour et l'heure, et il gagna lentement la fenêtre qu'il ouvrit. Là, il fixa ses regards sur un gros nuage blafard qui se levait à l'horizon de l'occident, pendant que le tonnerre grondait du même côté avec force.

Bientôt le nuage s'étendit et la voûte céleste parut tout entière couverte d'un drap mortuaire que des éclairs sillonnaient dans tous les sens.

Dans l'état d'obnubilation où était plongé son esprit, ce spectacle parut aussi naturel à Giacomo que si le ciel avait répondu par une égale angoisse à ses propres pensées, et il ne songea pas, en cet instant, que l'univers n'est susceptible d'aucune souffrance, d'aucune interrogation, d'aucune pensée que les nôtres.

Mû par une espèce d'attirance ressemblant à cette étrange et délicieuse inquiétude qui nous porte vers quelque objet voluptueux, Casanova quitta soudain sa chambre, descendit le grand escalier, traversa en un clin d'œil la terrasse qui dominait le parc, et s'en alla le long du grand bassin, courant et poussant des cris qui pouvaient être ou de frayeur, ou de désespoir, ou de bonheur. Le vent l'enlevait comme un fétu et la pluie battante formait un épais rideau qui l'absorbait et ne laissait de lui qu'un fantôme de vapeur grise.

Soulevée par les coups de vent qui se succédaient avec force, l'eau du canal se répandait dans l'allée en ondes écumeuses. Les éclats de la foudre mêlés aux éclairs entouraient Giacomo de tous côtés. La pluie tombait avec une telle abondance qu'au bout d'un quart d'heure tout fut inondé. Mais le vieillard continuait d'aller droit devant lui, ayant de l'eau jusqu'au mollet, offrant son visage et sa poitrine au ciel qui s'abattait sur terre comme du plomb fondu, et criant : « Dieu ! Dieu qui es tout de bonté ! Enlève-moi ce soir, car je crois en Toi et dans la mort miséricordieuse que Tu accordes à la fin à Tes créatures ! »

Comme pour porter son malheur et sa honte à leur comble, ce fut Schroetter qui le retrouva une heure plus tard, sanglotant sous un arbre que la foudre avait abattu et dont la ramure s'était effondrée sur lui, l'enveloppant sans le blesser. Dieu l'avait entendu, sans doute, et Se moquait de celui qui L'avait invoqué bien trop tard.

Tôt le lendemain matin, après un sommeil de douze heures, Casanova se réveilla, la tête reposée, le teint frais, l'œil vif et l'estomac tenaillé par la faim, car il n'avait rien pris depuis l'avant-veille.

La pluie crépitait contre les vitres. L'orage était plus lointain, mais les nuages en hordes hurlantes heurtaient encore avec hargne leurs lourds boucliers de bronze. Giacomo se leva pour regarder par la fenêtre, et vit avec effroi que plusieurs arbres étaient couchés dans le bassin.

Puis il se rappela comment il avait échappé à cette mort qu'il avait appelée de ses vœux et qu'il aurait voulue pareille à celle de Phaeton. Mais Giacomo n'était que trop humain et Jupiter ne se souciait nullement de le foudroyer : l'éternel imposteur n'était pas plus capable de vrai crime qu'il n'était digne d'un autre châtiment que le sentiment de sa propre honte. Il n'avait pas plus gagné les faveurs de la mort qu'il n'avait su jouir des trésors de Pauline.

Impuissant à trépasser autant qu'à aimer, Giacomo prit le sage parti d'assouvir sans réserve le seul appétit qui ne parût pas susceptible de le trahir.

Sa grande faim l'entraîna dans les cuisines, repaire de ses ennemis dans lequel il ne s'aventurait plus depuis des années, craignant, comme on sait, l'insolence de la canaille qui occupait les lieux. Aujourd'hui, toutefois, ses pensées avaient pris un cours nouveau, et le chevalier de Seingalt félicita et remercia le répugnant Schroetter de l'avoir sauvé d'une mort certaine. Puis, s'asseyant à la table commune parmi les autres domestiques, il trempa du pain de seigle dans la soupe aux choux et but de la bière sous les regards de curiosité ou de moquerie des servantes et des valets.

Vers dix heures, il se rendit dans l'appartement de Madame de Fonscolombe. Il trouva la vieille dame achevant de déjeuner avec Pauline et l'abbé Dubois. Les deux femmes lui firent un accueil plein de chaleur et de simplicité : rien dans leurs paroles ou dans leur physionomie ne rappelait les malheureux événements de ces dernières heures. Giacomo n'imaginait pas qu'elles n'en eussent point parlé ensemble : il devina qu'elles étaient convenues de n'y plus revenir, mais il en conçut plus de honte que d'apaisement.

Madame de Fonscolombe lui apprit que « son amie cabaliste », ayant quitté Toeplitz la veille au soir pour se rendre à Carlsbad, avait été arrêtée par la tempête à un quart de mille du village, où sa voiture avait failli être emportée par les eaux du déluge. La demoiselle s'était sauvée en courant jusqu'au château où elle avait fait porter sa malle, et elle se remettait à présent de sa frayeur.

Giacomo reçut la nouvelle avec indifférence : Eve la magicienne appartenait elle aussi à toutes ces années qu'il avait définitivement laissées derrière lui. Il s'avisa qu'il ne ressentait pas de tristesse et que le deuil de son passé n'avait pas duré plus de quelques heures. Sa fortune avait déjà connu les plus grands revers, et il avait toujours accepté avec philosophie sa nouvelle condition, songeant que la chance lui rendrait bientôt ce que le hasard lui avait enlevé. Cette fois, il n'attendait plus rien, ne désirait plus rien. Mais l'espérance qui l'avait quitté faisait place à une tranquillité d'âme dont il se félicitait.

Enfin, Madame de Fonscolombe annonça qu'elle

remettait son propre départ de quelques jours, les chemins étant pour le moment impraticables.

On alluma des flambeaux, bien qu'on fût au milieu du jour, car les nuages étaient si épais et si noirs qu'on se serait cru au crépuscule. La vieille dame pria Casanova de lui faire la lecture de tel morceau de poésie, en français ou en italien, qu'il aurait la fantaisie de lui offrir en billet d'adieu.

Giacomo n'eut pas besoin d'ouvrir le livre et dit de mémoire tout ce beau poème contant l'aventure de Ricciardetto avec Fior-d'Espina, princesse d'Espagne :

> *Le belle braccia al collo indi mi getta,*
> *E dolcemente stringe, e baccia in bocca...*

traduisant au fur et à mesure pour Pauline qui n'entendait pas l'italien : « Il me jeta ses beaux bras autour du cou et, dans une douce étreinte, me baisa sur la bouche... »

Tandis qu'il tâchait de faire sentir à la jeune femme les finesses de la poésie de l'Arioste, il songeait avec mélancolie que son propre passé était presque aussi éloigné de lui que les histoire du *Roland furieux,* et ne faisait qu'une sorte de fable qu'il se contait à lui-même.

Eve parut au dîner. Elle était vêtue avec une magnificence nouvelle qu'à l'évidence elle rapportait des tables de jeu et des alcôves de Toeplitz. Sa robe à l'antique était en taffetas de soie dorée aux nuances changeantes. Un spencer de velours bleu, très court, couvrait pour la décence le trop de gorge que la robe offrait aux regards : cette affectation de pudeur, qui n'allait tout de même pas jusqu'à la modestie, marquait que la divine détenait dans son réticule plusieurs de ces billets galants, en allemand ou en français, que les femmes de sa sorte s'entendent à faire traduire en ducats par les banquiers de toutes les nations.

Eve embrassa Giacomo avec tendresse, l'enveloppant du parfum ambré de ses boucles frisées « à la Caracalla ». Elle fit à Madame de Fonscolombe une révérence gracieuse et salua Pauline d'un bref sourire. La vieille dame lui demanda de relater par le menu ses récentes aventures, comptant que ce récit ferait la conversation du dîner et saurait distraire Giacomo de ses sombres pensées. Trop heureuse de donner ainsi à son aimable créancière les intérêts de ses mille florins, Eve commença aussitôt son histoire.

Elle avait trouvé à Toeplitz une société de comtes, de marquis, de barons comme on en trouve partout, les uns allemands, les autres italiens ou hongrois, tous joueurs de profession et gens très fins.

« Quand un étranger passe entre leurs mains, exposa-t-elle dans un sourire, ils savent l'emmieller et, s'il joue, il est difficile qu'il leur échappe car ils sont d'accord comme filous en foire. »

Eve n'était nullement disposée à se rendre la dupe de gens de sa propre engeance auxquels les florins de Madame de Fonscolombe n'auraient pas longtemps résisté. Elle n'accepta d'abord aucune partie, préférant se promener entre les tables afin d'observer tous les joueurs et de démêler quelles personnes y faisaient fortune, et quelles autres y faisaient les jocrisses. Ces dernières seules l'intéressaient.

Ne s'étant pas encore rendue fameuse à Toeplitz par ses plus redoutables tours de magie, elle pouvait aisément passer pour l'une de ces honnêtes aventurières qu'on peut avoir pour quelques ducats et qui ne sont dangereuses que pour la santé de leurs victimes.

Comme elle n'avait accepté aucune partie, un chevalier Reali, qu'elle savait fort habile à filer la carte, mais qu'elle feignit de ne pas connaître, vint lui offrir un pharaon tête à tête, à une taille chacun, pour la mort de cinquante florins. Elle accepta la partie pour vingt florins, affirmant que c'était là toute sa fortune, et elle perdit cette somme en montrant une si grande affliction que l'élégant marquis de Chantenay, un jeune agréable qu'elle avait déjà reconnu pour être une dupe de la plus haute volée, lui offrit cent ducats afin qu'elle prît sa revanche.

Eve perdit à nouveau. Le marquis la consola par cinq cents florins qui s'évaporèrent sur une autre table où officiaient dix-huit à vingt pontes, tous joueurs de profession. Chantenay tira de son gousset une lettre à vue de douze cents louis et en fit l'avance à la belle qui jugea qu'il était temps de passer de la confrérie des nigauds dans celle des grecs :

elle se mit à ponter cent ducats, jouant sur deux et trois cartes, faisant paroli, sept et le va ainsi que le quinze, de sorte que la banque fut bientôt en danger de sauter. Se voyant sur le point de faire bourse nette, les pontes voulurent se retirer à la sixième taille, mais Monsieur de Chantenay dit que Dieu était neutre, et qu'il ne fallait point contrarier Ses décrets. L'un des joueurs ayant d'abord négligé de l'entendre, le marquis ajouta qu'il n'était point si niais à l'épée qu'avec les cartes et qu'il se tenait prêt à en offrir la preuve au premier des messieurs qui prétendrait quitter la partie sans son aveu.

Eve ne se retira qu'après que tous eurent été mis à sec. Elle avait gagné dix mille florins et se flatta de rendre sa lettre de change à Monsieur de Chantenay qui entendait plutôt la lui offrir, si cette somme ne lui paraissait pas indigne d'une beauté qui n'avait évidemment pas de prix. Eve répondit qu'elle n'était pas à vendre, mais qu'elle ne refusait jamais de convertir en caresses brûlantes les florins d'un honnête homme.

Ils finirent ensemble la nuit dans le lit de la belle où le marquis se montra plus prodigue encore qu'à la table de jeu.

« Si ce jeune homme vous a ainsi donné les preuves de son contentement, je dirais qu'il ne fut aucunement votre dupe, mais plutôt votre obligé, observa Madame de Fonscolombe.

— Je fus aussi la sienne, car, lorsqu'il me livra le sixième assaut, il m'avait déjà si bien épuisée de volupté que je dus le tricher pour ne pas lui paraître rebutée, et que le dénouement n'eût point l'air d'une catastrophe.

— Il ne vous offrit donc pas sa septième libation, remarqua Giacomo que sa mélancolie, comme il arrive aux personnes d'âge, portait à la fin à sourire.

— Si fait, et bien davantage ensuite ! Mais le moment d'une réparation par intermède étant venu, nous nous abandonnâmes d'abord au plus doux sommeil. Puis, m'étant réveillée, je fis venir un souper, car un jour entier avait succédé à la nuit. Nous restâmes une heure à savourer des mets délicats et à défier Bacchus de nous faire sentir sa puissance. Enfin nous reprîmes notre intéressante controverse qui, de nouveau, se prolongea jusqu'à l'aube.

— De combien d'hommages honora-t-il alors votre beauté ? demanda Giacomo.

— Il me montra sa bravoure encore six fois, si bien qu'à la fin je lui demandai grâce.

— "Six fois", répéta en écho Casanova : c'est le surnom dont fut affublé un certain Tiretta que j'eus l'heur de connaître à Paris, en 1756.

— Votre jeune Chantenay est donc "Marquis de Sixfois" », dit en riant Madame de Fonscolombe.

Pauline avait écouté sans dire un mot ni aucunement montrer ses sentiments : cette jeune personne portait ses pensées à un tel niveau de gravité que son esprit en était pour ainsi dire glacé. Ses beautés naturelles en gardaient toujours une espèce de raideur ou de gaucherie.

Madame de Fonscolombe songea que tous les amants que Pauline pourrait avoir la laisseraient pareillement novice. La jeune femme n'était pas vertueuse, car la vertu, en tombant, contribue à la volupté après l'avoir contrariée. Elle avait aussi du tempérament, comme l'attestaient certaine rougeur qui souvent lui venait au visage, ou certain frémissement, ou certain soupir. Mais elle était incapable de cet abandon qui l'eût délivrée du sentiment d'elle-même. Elle gâtait ses plaisirs en y mettant de la réflexion. Elle croyait qu'une femme ne peut se rendre l'égale de son amant qu'en s'instituant sa rivale. Elle n'avait jamais imaginé qu'elle aurait plutôt surpassé l'autre sexe dans les plaisirs en se soumettant à sa propre nature, ni qu'elle pût alors le dominer presque en tout.

Madame de Fonscolombe devina ainsi de quel goût amer avait été cette nuit dont ni Pauline ni Casanova ne voulaient parler. Elle imagina aussi les conséquences qu'un homme de soixante-douze ans en avait immanquablement tirées pour sa part. Elle eut alors l'idée de confier à Eve les pensées qui l'agitaient. Elle la croyait capable de garder le secret, et elle avait une assez grande opinion de ses talents pour supposer que la magicienne aiderait peut-être à l'heureux dénouement de toute l'affaire.

Le souper fut égayé par les aveux inopinés du padre qui, désespérant de trouver les vingt sequins nécessaires à l'enlèvement de Tonka, rendit publique la passion qu'il avait pour la plus ensorcelante des idiotes. Il s'exprima de manière à tirer des larmes à chacun. Mais ce ne furent que des larmes de rire, car le panégyrique de sainte Toinette, prononcé avec feu par l'abbé Dubois et comme récité en chaire devant un millier de fidèles subjugués, fut d'un tel effet que Giacomo, entraîné par le comique de l'affaire, se leva et, tendant humblement son verre comme un sacristain l'eût fait d'une sébile, recueillit pour le prédicateur l'aumône de trois écus d'argent et d'un ducat d'or.

« Vous pourrez les hasarder à la bassette après le souper, et dérober ainsi quelques sequins supplémentaires à Madame de Fonscolombe qui est accoutumée à perdre contre vous, proposa Casanova, mais je gage que notre chère Eve, qui est plutôt portée à gagner, vous les reprendra aussitôt et qu'ainsi vous n'atteindrez Genève que dans vos rêves. »

Le souper fini, Dubois s'excusa et quitta la compagnie, déclarant qu'il lui tardait de se confier à Dieu par une ardente prière, ce dont nul, autour de la table, n'eût osé douter. Madame de Fonscolombe dit que l'abbé Dubois n'était pas mauvais homme et savait à l'occasion montrer du courage et de la foi, mais que la sensualité lui faisait commettre toutes sortes de folies.

Elle fit le récit de quelques-unes des extravagances de ce vrai satyre en soutane, expliquant qu'il ne tenait qu'à la Providence, secondée par le peu d'attraits et l'indigence pécuniaire du prêtre, que celui-ci ne fût présentement suivi, comme une armée en campagne, d'une troupe d'aimables vivandières levées dans toute l'Europe. Puis il n'en fut plus question.

Pendant que Giacomo faisait disposer des flambeaux dans le salon de musique, Madame de Fonscolombe expédia Pauline à la recherche d'un certain châle de cachemire : tête à tête avec la vieille dame, Eve apprit alors par quel malheureux enchaînement de circonstances Casanova était devenu silencieux et mélancolique.

« Mais aussi, observa cette dernière, quelle idée de vouloir marier la carpe avec le lapin ?

— Il me semblait déceler en Pauline les prémices d'un tendre sentiment dont notre ami aurait aisément obtenu l'aveu.

— Votre charmante tricoteuse a sans doute mélangé les manières d'alcôve et les usages du Tribunal révolutionnaire, elle aura confondu le lit avec l'échafaud, et, pour le coup, Giacomo a craint de perdre la tête.

— Je suis impardonnable, dit Madame de Fonscolombe.

— La pièce n'est pas achevée, affirma la magicienne : nous avons encore trois scènes.

— Et quelles sont-elles ?

— Le philtre du sorcier caraïbe, l'amour ressuscité par un rêve, la constance récompensée.

— Montrez-moi vite ces nouveaux prodiges !

— Ils seront nouveaux pour moi aussi, car il y a seulement huit jours que je fus initiée à leur curieuse magie.

— Faudra-t-il que vous passiez encore par Jupiter et Mercure ? demanda plaisamment Madame de Fonscolombe.

— Pas même : toute l'opération se fera dans deux verres où j'aurai versé une certaine poudre qui me fut donnée à Toeplitz par un baron Monteiro, navigateur portugais, qui la tenait lui-même d'un sauvage caraïbe.

— Monsieur Casanova et Pauline sauront-ils comment vous les accommodez ?

— Cela n'est pas nécessaire et pourrait même contrarier les effets de la potion.

— Gardons le secret, accorda la vieille dame. Ainsi l'étonnement des heureux amants formera l'épilogue de cette comédie. »

Peu avant minuit, ayant bu le muscat dont Eve avait empli son verre, Casanova sentit une lourdeur à la tête et fut envahi d'une torpeur si grande qu'il se serait endormi dans son fauteuil, si Monsieur Rosier ne l'avait accompagné dans sa chambre.

Pauline éprouva les effets du même breuvage et dut se retirer à son tour.

Eve reconduisit Madame de Fonscolombe dans son appartement et lui dit : « Prenons patience jusqu'à demain : nous trouverons nos deux héros ébahis de volupté, et je gage qu'ils nous feront le récit complet de leur bonheur.

— Ils ne paraissent guère disposés à croiser le fer amoureux, observa la vieille dame.

— C'est que la vie elle-même n'est qu'un long sommeil, mais l'amour, vous le savez, est le plus beau des rêves que nous y faisons et mériterait d'être vrai. »

Monsieur Rosier n'avait pas encore refermé sur lui-même la porte de la chambre que Giacomo, s'étant jeté sur le lit, s'endormit en perruque et en chaussures.

Mais il se réveilla bientôt et, allumant la bougie, vit sur sa montre que deux heures seulement avaient passé. Il se sentait calme et fort comme après une longue nuit de repos, et il se leva.

L'image de Pauline se présenta aussitôt à son esprit de manière si vive et avec tant d'attraits que ses pas le portèrent comme à son insu devant la porte de la jeune femme.

Le verrou n'était pas mis. Il n'eut qu'à pousser le battant. Pauline dormait. La lumière de la bougie ne la réveilla point. Le drap ayant glissé au pied du lit, l'ardent vieillard vit qu'elle ne portait pas de chemise, livrée à Morphée dans l'état de nature.

Il demeura un moment interdit par la divine abondance de beautés étalées sous ses yeux, splendeurs dont la vivacité annulait la tremblante lueur de la bougie. Cette fois l'amour parla sans détour, et Casanova ne put longtemps demeurer à contempler ce vrai tableau du Corrège sans que le feu qui circulait dans ses veines n'exigeât de se communiquer à cette sirène. Se sentant dans l'état où se trouvait Adam à l'instant de consommer le premier péché, état qui conduit promptement à la nudité comme à sa condition naturelle, Casanova se délivra en un instant des étoffes importunes et se précipita sur la charmante dormeuse, les lèvres collées sur sa bouche, et la pressant dans ses bras. Au milieu de ce brûlant prélude, la volupté la plus radieuse se peignit sur les traits de Pauline, mais sans qu'elle parût se réveiller, et ses lèvres articulèrent des mots qui firent deviner à Giacomo le sujet de son rêve.

Il prodigua ses caresses, porté par une ardeur qu'il s'efforçait de contenir encore, craignant de déranger par des mouvements trop vifs l'hospitalier sommeil de Pauline. Mais il y avait apparence que, réveillée, la jeune femme n'eût désiré que de poursuivre son rêve. Et quand, n'étant plus maître de se modérer, Giacomo s'abandonna soudain à toute la force du sentiment, elle s'éveilla en poussant un soupir de bonheur et disant :

« Hélas ! comme je suis heureuse ! »

Il la tint alors pendant plus de deux heures, travaillant avec elle à faire toutes les postures de l'Arétin, et, à chaque quatre ou cinq minutes, se donnant l'amusement d'un nouveau tableau. Mais, craignant de ne pas retrouver la sève intacte de ses vingt ans, il eut garde de n'achever d'abord la grande besogne, s'arrêtant avec sagesse aux instants les plus suaves et reprenant haleine en parlant et riant de ce qu'ils avaient fait, ou de ce qu'ils n'avaient point fait encore.

A la figure de l'arbre droit, qui est la plus libidineuse de toutes celles qu'a pu inventer le génie impudique de l'Arétin, Pauline se comporta en intrépide rétiaire, montrant qu'elle ne craignait pas d'avaler tout entier le glaive de son heureux antagoniste, et le maintenant ainsi jusqu'à lui faire rendre enfin son nectar viril.

Mi-heureuse, mi-dolente, et voyant affaibli l'instrument de son bonheur, elle sembla regretter sa gourmandise. Mais, renouvelant ses caresses et offrant avec ingénuité les points de vue les plus agréables sur tous ses appas, elle mit Giacomo en position de renouveler ses assauts.

Les gémissements et le parfait abandon de cette vraie bacchante marquaient assez que ses appétits lubriques, enfin libérés de l'esclavage de sottes raisons et d'un orgueil tyrannique, surpassaient ceux de Casanova lui-même. A nouveau, donc, il se ménagea, usant de toutes les ressources de la science amoureuse pour que Pauline, fondue de volupté, inondant plusieurs fois les draps des marques de sa jouissance complète, parvînt à une heureuse satiété.

Peu avant l'aube, enfin, il laissa son propre plaisir arriver à son comble, mais il garda dans ses bras son ardente maîtresse, absorbé avec elle dans un silence immobile que ne troublait aucun mouvement que celui d'une pression intime, et que trahissait à peine le bruit léger de leurs baisers. Puis ils s'endormirent un moment.

Quand, à son réveil, il vit Pauline paraître à ses yeux avec cet air de douce satisfaction amoureuse d'un lendemain de noces, l'idée de son prochain départ l'affligea. Il lui dit sa tristesse, et elle promit que, n'étant point sûre d'être assez initiée au vrai mystère, elle supplierait Madame de Fonscolombe de différer leur voyage de quelques jours.

Puis elle se retira, ou disparut peut-être, évaporée comme la rosée l'est par la lumière du matin. Giacomo se rendormit aussitôt et demeura livré jusqu'au soir à un sommeil paisible et réparateur.

Casanova trouva Eve et Madame de Fonscolombe dans le salon chinois. Les deux femmes s'inquiétaient au sujet du malheureux Dubois : au moment où il tentait d'expliquer avec le secours des mains ce qu'à l'évidence cette innocente n'avait nullement compris à ses paroles et à ses brûlants serments, toute la valetaille du château était accourue au secours de Tonka. L'abbé y avait perdu deux dents, et tout son long corps était affreusement meurtri et froissé, de sorte que la vieille dame doutait s'il pourrait prendre la route le lendemain.

Comme elle ne voulait plus différer son retour en France, elle décida de le laisser à Dux jusqu'à son complet rétablissement. Il la rejoindrait plus tard par la poste, ou bien, s'il en avait toujours la fantaisie, irait se faire calviniste à Genève. Elle lui donna un billet à vue de quinze cents florins qui lui permettrait de vivre un an avec économie, une autre année dans la sagesse, et une troisième année encore, dans la vertu des anachorètes.

On quitta ce sujet qui manquait déjà de nouveauté, Dubois ayant un peu souvent égayé Madame de Fonscolombe par le spectacle de ses mécomptes amoureux, et les deux dames affectèrent de s'inquiéter plutôt de l'humeur de Giacomo : ne venait-il pas de passer une nuit et une journée entière, dans sa chambre, à l'écart du genre humain ?

Pauline parut sur ces entrefaites et fournit elle-même la réponse. Elle fit le récit de cette nuit voluptueuse sans omettre aucune circonstance et peignant les scènes les plus lascives avec une vivacité, une liberté de ton, une justesse de trait dignes du bon abbé Baffo, qui avait été jadis le maître en lubricité du jeune Giacomo. Elle révéla même que son prodigieux amant avait accompli sur elle sept sacrifices sans reprendre haleine.

Giacomo, pour sa part, ne se souvenait que de deux triomphes remportés cette nuit sur sa vieillesse, exploits qui devaient plus à la prudence et à l'expérience du gladiateur qu'à la puissance de ses coups. Mais il jugea plus courtois, et peut-être plus flatteur pour lui-même, de ne répondre à ce dithyrambe que par un air de modeste perplexité, laissant aux dames le soin de décider si son silence était de consentement au fait, ou d'indulgence pour l'amusante exagération du discours de Pauline.

« Salomon dit que l'homme qui accomplit sept fois de suite le grand œuvre doit être réputé immortel, assura plaisamment la cabaliste, puisque rien ne saurait lui tirer son dernier soupir. »

Les exploits amoureux de Giacomo firent la conversation du souper, et l'on se coucha fort tard. Pauline s'étant jetée aux genoux de sa maîtresse et l'ayant suppliée de différer leur départ afin que Casanova pût la faire goûter à de nouvelles voluptés, la vieille dame répondit qu'il revenait à Eve de déterminer si les astres y consentaient : après une méditation qui ne prit pas plus d'une minute, la cabaliste arrêta que Vénus et Apollon se rencontreraient une fois encore. Puis elle servit le vin muscat aux heureux amants que Monsieur Rosier, qui se tenait prêt, conduisit l'un après l'autre dans leurs chambres respectives.

« Ils dormiront à nouveau d'un trait jusqu'au matin, ou plus longtemps encore, expliqua la magicienne à sa complice. Aucun d'eux ne quittera son lit pour la couche de l'autre, ni ne bougera seulement d'un pouce, car ils ne s'enlaceront et n'assouviront leurs désirs qu'en rêve. Mais ils ne sentiront nulle différence, et leurs voluptés seront si vraies que ni l'un ni l'autre ne pourra dire qu'il aura été abusé.

— Mais tous les plaisirs ne nous touchent-ils pas comme en rêve ? interrogea Madame de Fonscolombe. La vie n'est-elle pas en tout une manière de songe ? »

Rendue de volupté, habitée de ce jour et à jamais par les plus divines inspirations de la chair, et l'âme infailliblement soumise aux arrêts de ses sens, Pauline ne quitta les bras de Giacomo que pour monter dans la berline qui allait l'emporter vers d'autres illusions. Eve fit le présage que la jeune robespierriste se marierait bientôt, qu'elle tiendrait l'épicerie de son époux et qu'ils auraient quatre enfants, deux garçons et deux filles. Mais ce rêve-ci ayant moins de séduction que celui des nuits passées, Eve ne lui en dit rien, craignant que Pauline ne voulût contrarier son destin en demeurant à Dux.

La cabaliste eut aussi la révélation que Giacomo était entré dans la dernière année de sa vie, et qu'ainsi elle ne le reverrait sans doute jamais. Elle n'en confia rien à son ami, bien sûr, mais à quoi aurait servi de lui enseigner ce qu'il savait déjà ?

Giacomo n'ignorait pas non plus qu'il n'avait fait pendant ces deux nuits qu'une sorte de songe et qu'il le devait à Eve. Il connaissait bien les artifices de la magicienne. Mais il connaissait mieux ceux de la vie elle-même, qui étaient de la même sorte, et parfois plus étonnants encore.

Tandis que Rosier, aidé de deux voituriers loués dans le village, achevait d'atteler les chevaux, Pauline se rendormit sur la banquette de la berline où, de nouveau et à midi, un propice clair de lune régna pour elle.

Casanova emmena Madame de Fonscolombe dans le parc, car les deux vénérables et parfaits amants souhaitaient converser seul à seul, avant de prendre à jamais congé l'un de l'autre. Giacomo pressait contre lui le bras d'Henriette et retenait ses pleurs. Les mots ne lui venant point, ce fut elle qui parla :

« Comme j'ai du mal à me séparer aujourd'hui de toi, mon tendre ami ! Le joyeux soleil de la Saint-Jean éclaire l'instant douloureux où nous entrons tous deux dans notre ultime hiver. Que ce plus beau moment de l'année soit, en dépit de tout, un beau jour dans notre vie aussi ! Embrassons-nous, mon cher Jacques ! Serre-moi une dernière fois sur ton cœur ! »

Casanova enveloppa de ses bras Henriette dont les cheveux déposèrent leur vieil argent sur son épaule. Ils restèrent un moment dans cette immobilité, mêlant leurs soupirs dans la pensée de leur bonheur passé, étrange sentiment où se confondent les plus vives douleurs et les plus grandes délices. Puis ils s'écartèrent doucement l'un de l'autre et retournèrent en silence vers les voitures.

Eve prit place dans la première berline aux côtés de Madame de Fonscolombe, car la vieille dame lui avait offert de la déposer à Augsbourg dont la magicienne ne connaissait pas encore les tables de jeu.

Ne s'étant pas réveillée, Pauline ne fit aucun adieu à son amant pour le moins fabuleux, mais nul n'aurait eu la cruauté de l'arracher à son voluptueux sommeil.

Les deux attelages franchirent le portail de la cour extérieure et disparurent presque aussitôt dans la poussière qu'ils soulevaient. Giacomo remonta les marches sans se retourner et disparut dans l'ombre du grand vestibule.

Deux jours plus tard, les voituriers furent de retour et remirent la lettre que Madame de Fonscolombe leur avait confiée :

Mon unique ami,

Dans deux semaines au plus, je serai à Genève qui fut le lieu de notre première séparation, il y aura bientôt quarante-huit ans. En souvenir de nous, je descendrai à l'hôtel des Balances et je relirai la triste prophétie que j'écrivis avec la pointe de mon diamant sur le verre de la fenêtre : « Tu oublieras aussi Henriette. »

Je sais aujourd'hui combien cette prédiction était mensongère. Comme je regrette d'avoir douté de toi, fût-ce un instant ! Que pouvais-je entendre par ce mot, sinon que le temps cicatriserait la plaie profonde que j'avais faite à ton cœur ? Mais je n'aurais pas dû l'augmenter en te faisant cette espèce de reproche.

Notre rencontre ne fut qu'un songe, sans doute. Je t'ai écrit jadis que nous nous étions rendus parfaitement heureux pendant trois mois de suite et que jamais songe délicieux ne fut aussi long : comment ai-je pu réduire à si peu de temps la vraie durée de notre amour ? Etais-je donc si certaine de ton inconstance ? Ou de la mienne, peut-être ? Je te supplie de me pardonner cette espèce de trahison dont je me suis rendue coupable dans mon for intérieur. Je te supplie aussi de ne pas brûler ces précieux cahiers où, depuis douze ans, tu déposes tes souvenirs parmi lesquels se cache le secret de mon âme. Songe que ces écrits, après ta mémoire, sont dépositaires du bien le plus rare aux yeux des hommes comme au regard de Dieu, et que ce bien, qui est fait de l'amour que tu as reçu ou donné, ne t'appartient pas exclusivement.

Tu aurais voulu te compter au nombre des plus profonds philosophes ou des plus délicats poètes, et tu crains de n'avoir été ni l'un ni l'autre. Mais si, comme la plupart des humains, tu n'as pas touché au but que tu t'étais fixé, sache que tu as trouvé ailleurs un accomplissement plus parfait. Tu n'es pas poète ? Mais ta vie fut une légende merveilleuse dont tu as été le héros. Tu n'es pas philosophe ? Mais ton cœur a toujours nourri ton esprit des meilleurs et des plus vrais principes, car l'amour, qui fut ton système, contient certainement tous les systèmes. Tu n'es point immortel, mais tu demeureras vivant parmi les vivants.

Dans les siècles à venir, tu séduiras encore ceux qui t'approcheront. Hommes ou femmes se reconnaîtront en toi, mon tendre ami, qui connais si bien les étranges créatures, toutes pétries de désir, que sont les humains.

Tu n'auras nulle part ta statue, car ta haute taille n'est pas faite pour reposer sur un socle et dominer doublement tes semblables, mais tous ceux qui aiment porteront ton image en médaillon dans le secret de leur cœur.

Si le dégoût te prend un jour de ces belles pages de ton passé, songe à n'en point priver la postérité. Confie-les à un ami sûr, ou bien laisse à la fortune le soin de les garder de l'oubli. Le hasard nous est trop souvent contraire pour ne pas se montrer quelquefois propice.

Je t'aimerai jusqu'à mon dernier souffle.

Henriette.

Casanova souffrait depuis plusieurs années d'un mal de vessie qui le tourmentait par de longues et douloureuses rétentions d'urine. En mars 1798, l'une de ces crises faillit lui être fatale. Le malade reçut les sacrements en donnant toutes les marques de la foi et du regret de ses péchés.

Son état s'améliora pourtant. En avril, il put quitter la chambre et faire quelques pas dans le parc où il vit reverdir les arbres.

Il écrivit à son ami Zaguri et au jeune Montevecchio, exposant que plusieurs régiments de cavalerie se rassemblaient à Dux et partiraient sans doute pour l'Italie où l'on s'attendait à une nouvelle offensive des Français. Les affaires du monde l'intéressaient. Au moment de mourir, celui qui n'avait vécu que pour l'instant présent éprouvait pour la première fois la curiosité de l'avenir. Il avait moins d'effroi et de pitié pour lui-même, qui arrivait à sa fin, que pour ceux qui auraient à vivre après lui.

Il reçut l'aimable mais indiscrète Elise von der Recke qui, de Toeplitz où elle prenait les eaux, vint admirer « le noble courage avec lequel il s'acheminait vers les sombres portes de la mort ». Elle amenait avec elle une certaine Marianne Clarke à laquelle Casanova négligea de faire sa cour. Les deux dames repartirent au bout de deux jours, un peu déçues de n'avoir point vu mourir le héros au dernier acte de la tragédie. Comme elle avait de la bonté, la belle Elise fit porter au malade des tablettes de bouillon et quelques bouteilles de madère. Faulkircher s'empara du madère et prépara aussi mal que possible les bouillons, n'ayant garde de laisser oublier à son ennemi qu'il faut mourir seul.

Carlo Angiolini, neveu par alliance de Casanova, vint le visiter à la fin de mai et ne le quitta plus ensuite, l'assistant dans les dernières heures de sa vie.

Dès le milieu de mai, la rétention d'urine s'était faite à nouveau si sévère que les affreux symptômes de l'hydropisie apparurent. Giacomo passa ses derniers jours dans un fauteuil, car le liquide empoisonné qui avait envahi ses poumons embarrassait sa respiration. Il vit dans un miroir que l'enflure de tout son corps le rendait pareil à une outre et que son visage était à présent d'une laideur effrayante. Celui qui n'avait jamais imaginé qu'il pût ne pas être aimable connut à ce symptôme qu'il était tout près de la mort.

Dans la nuit du 3 au 4 juin il fit écrire par Carlo un court billet à la « bénéfique Elise » qu'il remerciait pour ses « tablettes de bouillon ». Puis il dicta une lettre par laquelle il remettait à Henriette son amour, ses pensées, son dernier soupir. Il demanda ensuite à son neveu de lui lire le passage des Mémoires où était consigné le souvenir des quelques mois passés avec elle, quarante-neuf ans plus tôt.

Quand le jeune homme eut terminé, Giacomo prononça quelques mots qui n'avaient point de sens, puis il expira.

Carlo reçut le soir même un pli annonçant le décès, voilà un mois, à Aix-en-Provence, d'une Madame de Fonscolombe qu'il reconnut pour être la destinataire du dernier courrier que Giacomo avait dicté.

Le jeune homme trouva qu'il n'eût pas été décent

de conserver ces deux lettres qui ne s'adressaient plus qu'à des défunts. Il décida de les rendre à leurs auteurs, ou à Dieu, et il les fit brûler ensemble.

Il écrivit le lendemain à la princesse de Liechtenstein pour lui apprendre que le bibliothécaire du comte Waldstein venait de mourir et qu'on l'avait enterré aussitôt, parce qu'il faisait très chaud à Dux et que la dépouille entrait rapidement en décomposition.

A son tour, la princesse expédia un pli au comte, son fils, qui se trouvait à Budapest où il avait acheté des chevaux au prince Esterhazy. Le comte Waldstein eut soin d'annoncer par un prompt courrier la triste nouvelle au prince de Ligne qui avait toujours montré de la bienveillance au chevalier de Seingalt. Ce noble ami se jugea digne d'écrire pour la postérité le dernier mot de l'histoire, témoignant que Jacques Casanova était mort dans son lit, les bras tendus vers le ciel comme les patriarches et les prophètes, en prononçant ces mots édifiants : « Grand Dieu ! et vous, témoin de ma mort, j'ai vécu en philosophe, et je meurs en chrétien ! »

POSTFACE

Un texte romanesque contient en lui-même toutes ses raisons, ou bien n'en a aucune. On me pardonnera pourtant les lignes qui vont suivre...

Je viens de vivre avec Casanova une sorte de liaison amoureuse, on l'aura constaté. C'est que ce séducteur savait charmer aussi les hommes. Derrière l'élégant autoportrait des *Mémoires*, j'ai découvert un écrivain d'autant plus émouvant et profond qu'il se prétend et se voudrait toujours désinvolte : il ne montre jamais autant de vraie pudeur que dans l'anecdote la plus licencieuse, et seul un esprit bien futile pourrait le croire léger, superficiel, alors que sa retenue l'oblige à interrompre d'un sourire, d'un mot plaisant, une confidence un peu plus grave dont le secret pourrait nous être à charge. Casanova n'est venu sur terre que pour notre plaisir. S'il prétend tirer profit du bonheur qu'il donne à l'une, de l'amusement qu'il offre à la galerie, du tour de charlatanerie dont il rendra dupe son protecteur du moment, c'est toujours avec une espèce de probité. Comme les aventuriers de son temps, Casanova est un spectacle, et ce spectacle n'est pas gratuit : chacun devra payer selon ses moyens, ni plus ni moins, et chacun le fera volontiers du moment que, grâce au charmant imposteur, il échappe à l'ennui, au sérieux, à la vision de ce qui nous attend tous.

L'ambition naturelle d'un auteur est de créer des personnages dignes d'entrer de plain-pied dans la « légende ». Or Casanova y est si bien parvenu que le héros des *Mémoires* fait de l'ombre à l'écrivain. Par un effet imprévu de son propre talent, Casanova passe pour un littérateur de second rang. Mais on trouvera un peu plus loin un bref échantillon des *Mémoires*, une de ces manières de contes ou de fables dont la vie de Giacomo est jalonnée avec, si j'ose dire, un art consommé. On admirera l'agilité de ce récit mené « au plus près du vent », et filant droit au but, sans que faiblisse jamais la brise qui nous porte et nous fait aller avec une aisance presque miraculeuse. Casanova se lit en apesanteur. Nous faisons d'ailleurs mieux que de le lire, nous « respirons » son écriture à pleins poumons : faites l'expérience de dire les *Mémoires* à haute voix ! Vous éprouverez un vrai bien-être à placer, non seulement vos pas dans ceux de Casanova, mais votre souffle dans le sien. La virgule se trouve toujours à l'endroit où la voix demande à se poser. Chaque nouveau paragraphe vous lance, jamais trop loin, et point trop près non plus, à la hauteur même de la branche que, rendu léger comme un écureuil, vous touchez en douceur, étonné de votre propre agilité.

J'ai situé mon récit dans la dernière année de la vie de Giacomo, en mai et juin 1797. Ce choix m'a conduit à accorder deux années supplémentaires de vie à Jeanne-Marie de Fonscolombe qui ne m'en tiendra pas rigueur, non plus que de lui avoir fait retrouver Casanova dans son grand âge. J'ai tâché de me montrer aussi délicat que l'eût été son amant, en la rendant presque aveugle, lui épargnant de découvrir les ravages du temps sur le visage de Giacomo.

Et puisque, ayant pris la place de Dieu, j'étendais mon pouvoir de romancier jusqu'à rendre la vie à Henriette, je n'ai pas hésité non plus à restituer à

Jacques la verdeur de ses vingt ans, faisant renaître en lui le désir et — pourquoi pas ? — la puissance virile.

La maladie de vessie dont il souffrait depuis plusieurs années l'avait rendu sage malgré lui, même si elle n'avait pas éteint la passion qu'il portait au beau sexe. Casanova fit l'amour jusque dans ses derniers jours, mais ce ne fut sans doute plus que par correspondance.

Rachel Franck, alias « Eve », figure au nombre de ses maîtresses épistolaires. Il y a fort à croire qu'elle eut par surcroît des relations parfaitement concrètes avec son « maître en imposture », mais ces rencontres voluptueuses n'ont guère de chance de s'être poursuivies jusqu'en 1797.

Pourquoi, me demandera-t-on, avoir situé mon récit en cette année 1797 dont le choix m'oblige à tricher par deux fois avec la vérité biographique ?

J'appelle ici l'histoire à mon secours. Je veux dire : la grande « Histoire », celle des bouleversements qui marquèrent alors l'Europe. Au printemps, ainsi, les troupes de Bonaparte entrent à Venise qui perd définitivement son indépendance — événement dont on sait toute l'importance aux yeux de Casanova le Vénitien, mais aussi de Casanova l'aventurier, le citoyen universel d'un monde qui connaît les patries mais non point encore les nations et les frontières. Car Venise ne disparaît pas seule : sa chute procède, inéluctable, de l'effondrement de toute l'Europe d'Ancien Régime.

Giacomo imagine avec dégoût et mépris les « sans-culottes » de Bonaparte répandus dans ce qui fut la « grande Cité ». C'est pour lui le commencement d'un second et tragique Moyen Age. L'Histoire ne lui donnera pas entièrement tort puisque l'ère nouvelle — l'ère des nations — aura débuté avec les terribles guerres napoléoniennes, et aujourd'hui, cinquante ans après Hiroshima et l'Holocauste, elle n'est peut-être pas encore close.

Pour un moment au moins, Casanova m'a communiqué une certaine nostalgie de l'Ancien Régime. Cette nostalgie doit plus au talent du personnage et de l'écrivain, je l'avoue bien volontiers, qu'à une évaluation précise, mais à la rigueur impossible, des mérites respectifs de notre époque et de la sienne : comment « mesurer » ici ou là le bonheur des humains ? Je ne suis certain que de ceci : ce bonheur a bien peu de chose à voir avec le « développement », cette habile supercherie inventée par le capitalisme triomphant qui nous conduit d'une main de fer vers le « bien-être » et nous enchaîne à l'illusion du progrès et de la justice.

A-t-on remarqué que Casanova, pourtant fort habile à manier l'argent, confond régulièrement les monnaies des pays où il passe ? C'est que florins, ducats, guinées, sequins, etc., se négocient partout, car partout l'or vaut de l'or. Cette si simple leçon de choses devrait nous porter à la réflexion et à une certaine modestie, nous qui venons à peine de réaliser l'Europe monétaire ou, tout bonnement, de la restaurer.

Eternellement amoureux, séducteur professionnel, charlatan de haut vol, Casanova illustre son siècle par son étonnante propension à vivre, comme aurait pu l'écrire Diderot, en se rendant toujours « dissemblable de lui-même ». Car Giacomo est aussi philosophe, parmi les plus profonds, lecteur compétent de Spinoza et critique pertinent de ses contemporains (Helvétius, d'Holbach, etc., pour ne point parler de Voltaire...).

Casanova n'est pourtant pas un « philosophe », dans le sens où l'entendent nos histoires de la littérature. Il n'est pas davantage un pur et simple escroc à la façon de Saint-Germain. Il n'est, généralement parlant, ni tout à fait « ceci », ni tout à fait « cela ».

Il est pourtant l'un et l'autre, et, de la sorte, représente admirablement la bigarrure, la fantaisie, l'étonnante liberté d'un temps que ses propres contradictions auront fécondé.

Casanova n'a pas fini de nous parler, de nous interroger sur nous-mêmes et notre propre siècle, de nous questionner sur nos certitudes et notre orgueil.

Nous subissons aujourd'hui l'invasion d'une nouvelle force conquérante, celle du « libéralisme » tout-puissant, d'origine essentiellement protestante et anglo-saxonne, ultime avatar de ces philosophies pragmatistes de Hobbes et de Locke qui eurent tant d'influence, déjà, au siècle des Lumières.

Tout comme les soldats de Cortès pillaient et assassinaient en brandissant la croix, les nouveaux conquistadors avancent sous la bannière des Droits de l'Homme et au service, assurent-ils, de l'individu. Mais de quel « homme » nous parle-t-on ici ? A quoi ressemble ce « moi » qui n'existe plus qu'en fonction de ce qu'il produit, consomme, épargne ? Qui bientôt ne communiquera plus qu'à l'aide d'un téléphone portable ou à travers Internet ? Qui sue sang et eau pour accéder à une espèce d'existence abstraite et statistique, hors de laquelle il n'est point de salut ?

Casanova, du moins, m'aura permis de passer un moment fort loin de ce monde-là. Il condamnait la Révolution des Robespierre, des Saint-Just et des Bonaparte. Je déplore celle que nous vivons en ce moment même et qui n'est sans doute que la conséquence ultime et radicale de la première. Ainsi je me sens en parfaite fraternité avec le héros des *Mémoires* : il aura été bien autre chose pour moi que le personnage principal de mon récit.

Il me vient soudain cette pensée, fort désespérante en vérité : malgré son habileté, son énergie et toute son audace, Casanova, aujourd'hui, n'aurait pas réussi son évasion des Plombs de Venise. Sur un point, au moins, notre siècle est en progrès incontestable sur tout le passé de l'humanité : les barreaux d'une prison sont désormais d'une solidité à toute épreuve. Surtout ceux qu'on ne voit pas.

Mais laissons à Giacomo le soin de... ne pas conclure. Laissons en tout cas la parole à notre séducteur, si ce mot veut encore dire quelque chose...

LE PERROQUET VENGEUR

A peu de jours de là, allant un matin promener mon oisiveté par la ville, je passai par un endroit appelé le marché des Perroquets. Comme je m'amusais à regarder ces intéressants animaux, j'en vis un tout jeune dans une belle cage, et je demandai quelle langue il parlait. On me dit qu'étant fort jeune, il n'en parlait aucune. Je l'achetai pour dix guinées. Voulant lui apprendre quelque chose de saillant, je le fis placer près de mon lit, et je lui répétai cent fois par jour : « La Charpillon est plus p... que sa mère. »

Je n'avais assurément aucun autre but en faisant cela que de m'amuser dans mon intérieur, et, en quinze jours, le petit animal répétait cette phrase avec la plus burlesque exactitude, en l'accompagnant chaque fois d'un éclat de rire ; ce que je n'avais pas cherché à lui apprendre, mais ce qui me faisait rire moi-même.

Goudar, l'ayant un jour entendu avec ravissement, me dit que, si j'envoyais ce petit animal à la Bourse, je pourrais certainement le vendre cinquante guinées. Saisissant cette idée comme une vengeance contre l'infâme créature qui m'avait si mal traité, et me mettant à l'abri de la loi qui, sur cet article, est fort acerbe, je chargeai de ce soin Jarbe ; car, comme il était indien, l'animal était une marchandise de son cru.

Pendant ces deux ou trois premiers jours, mon perroquet, parlant français, n'attira pas un grand audi-

toire, ; mais dès que quelqu'un de ceux qui connaissaient l'héroïne eut fait attention à l'éloge que l'indiscret volatile en faisait, son cercle se grossit, et on commença à le marchander. Cinquante guinées paraissaient un peu trop, et mon nègre désirait que je le vendisse à moins. Je ne voulus pas y consentir, car j'étais devenu amoureux de mon vengeur.

Au bout de sept à huit jours, Goudar vint me désopiler la rate en m'apprenant l'effet que mon perroquet avait produit dans la famille de la Charpillon. Celui qui le vendait étant mon nègre, on ne pouvait douter que l'oiseau ne fût à moi et que je n'eusse été son maître de langue. Il me dit que la Charpillon trouvait la vengeance très spirituelle, mais que la mère et les tantes en étaient furieuses. Elles avaient déjà consulté plusieurs avocats, qui tous avaient dit qu'il n'y avait point de loi pour punir une calomnie dont le calomniateur était un perroquet, mais qu'elles pourraient me faire payer cher cette plaisanterie, si elles pouvaient prouver que le perroquet était mon élève. Goudar m'engagea, pour cette raison, à ne point me vanter que l'oiseau me devait sa saillie, parce que deux témoins suffisaient pour me perdre.

La facilité de trouver de faux témoins à Londres est affreuse et dégradante pour la nation. J'ai vu de mes yeux une chose incroyable ; un écriteau sur une fenêtre, portant en lettres majuscules ce seul mot : Témoin, *ce qui voulait dire que là, pour de l'argent, on pouvait s'assurer un faux témoin.*

Un article inséré dans Saint James' Chronicle *disait que les dames insultées par le perroquet de la Bourse devaient être bien pauvres et dépourvues d'amis ; car, sans cela, elles auraient fait acheter le joli impertinent, et que le public n'aurait presque rien su. Il ajoutait : « Celui qui a exercé ce perroquet a sans doute voulu exercer une vengeance, et il l'a fait de fort bon goût : il mériterait d'être anglais. »*

Ayant rencontré mon ami Edgard, je lui demandai

pourquoi il n'avait pas acheté le petit médisant. « C'est, me dit-il, qu'il fait plaisir à tous ceux qui connaissent l'objet de sa médisance. » Jarbe trouva enfin un acheteur pour les cinquante guinées, et Goudar m'apprit que lord Grosvenor en avait fait la dépense, pour plaire à la Charpillon qui lui servait parfois de passe-temps.

Cette espièglerie accidentelle mit fin à mes rapports avec cette fille que j'ai vue depuis avec la plus grande indifférence, et sans que sa présence réveillât en moi le moindre souvenir du mal qu'elle m'avait fait.

Du même auteur :

ROMANS

B comme Barabbas, Gallimard, 1967.
L'Irrévolution, Gallimard, Prix Médicis, 1971.
La Dentellière, Gallimard, Prix Goncourt, 1974.
Si on partait, Gallimard, 1978.
L'Eau du miroir, Mercure de France, 1979.
Tendres Cousines, Gallimard, 1979.
Terre des ombres, Gallimard, 1982.
Jeanne du bon plaisir, Denoël, 1984.
Elena, Pré-aux-Clercs, 1989.
Dîner d'adieu, Laffont, 1991.
Dialogues du désir, Laffont, 1992.
L'Incertaine, Fayard, 1993.
La Moitié du bonheur :
* *Les Petites Egarées,* Fayard, 1994,
** *La Semaine anglaise,* Fayard, 1994.
Collision fatale, Stock, 1994.
Fleur de pavé, Fayard, 1996.
Comme une image, Stock, 1997.
Les Enquêtes de l'inspecteur Lester, Stock, 1998.
Il ne s'est rien passé, nouvelles, Fayard, 1998.
Anaïs nue, J.-C. Lattès, 1999.
Quatre femmes, Fayard, 2000.
À croquer, Fayard, 2000.
Sacré Goncourt, Fayard, 2000.
Derniers jours avant fermeture, Fayard, 2001.

AUTRES OUVRAGES

La Femme et ses images, Stock, 1974.
Si j'ose dire, entretiens avec Jérôme Garcin,
Mercure de France, 1982.
La Fille sans fin (conte photographique),
La Martinière, 1995.
Le Commerce des apparences, essai, Fayard, 1997.

Théâtre 1993-1999, Fayard, 2000.
Petits nus et variations, photographies, Marval, 2001.
Votre livre de la semaine, Fayard, 2002.

Composition réalisée par JOUVE

IMPRIMÉ EN FRANCE PAR BRODARD ET TAUPIN
La Flèche (Sarthe)
Dépôt légal Éditeur : 27385-12/2002
LIBRAIRIE GÉNÉRALE FRANÇAISE - 43, quai de Grenelle - 75015 Paris.
ISBN : 2 - 253 - 15376 - 1

31/5376/4